Silent Witch

I

沉默魔女的祕密

Secrets of the Silent Witch

依空まつり

Illustration

藤実なんな

Kadokawa Fantastic Novels

彩頁、內文插畫／藤実なんな

Contents

Secrets of the Silent Witch

【序　章】沃崗的黑龍　008
【第一章】同期來訪提出無理難題　018
【第二章】反派千金大小姐喜歡沉默魔女　045
【第三章】校長的高速巴結手　056
【第四章】最大的試煉（自我介紹）　074
【第五章】沉默魔女，滔滔不絕地討論黃金比例　099
【第六章】翻滾魔女　124
【第七章】第二王子的祕密　144
【第八章】睫毛的力學　175
【第九章】深夜的來訪者，細說何謂得意忘形的潘吉　203
【第十章】完美的術式　226
【終　章】記憶中的小巧手掌　246
【祕密章節】沉默魔女的報告書　259
目前為止的登場人物　273
後記　277

✦ 序章　沃崗的黑龍

——已確認黑龍在柯貝可伯爵領地沃崗山脈現身。

這則報告不僅撼動了柯貝可伯爵領地，甚至引發利迪爾王國全土的動搖，令眾生陷入恐懼的漩渦中。

龍是一種災害。不但會襲擊家畜或人類，更曾經毀滅過一整座城鎮。其中又以黑龍為最，那是在利迪爾王國史上為數僅僅兩次的傳說級大災害。

黑龍的火焰，是會吞噬地表萬物的冥府之焰。

據說，即使集結王國內所有魔術師同心協力架起防禦結界，黑龍的烈焰依舊能將魔術師連同結界一起燃燒殆盡。凡是黑龍現身之地，絕對逃不過化為焦土的命運。

在提及黑龍出沒的兩次歷史紀錄中，有不只一座城鎮遭到消滅，王國幾乎陷入半毀壞狀態。

「伊莎貝爾大小姐，現在就連這棟宅邸都已非安全之地。還請前往夫人的老家避難。」

面對侍女艾卡莎的督促，柯貝可伯爵家千金——伊莎貝爾．諾頓以嚴肅的表情搖了搖頭。

「不，我直到最後一刻都不會離開這個家。」

伊莎貝爾還只是剛滿十五歲的女孩。

然而她那緊緊凝視前方，英姿煥發的側臉上，著實洋溢著代代守護這片土地，與龍族對抗的伯爵家一員之矜持。

於利迪爾王國蒙受最頻繁龍害的東部地區，長年與龍持續對峙的一族。柯貝可伯爵家就是這樣的家族。

柯貝可伯爵家的歷史，就是與龍交戰的歷史。

伊莎貝爾直到這個歲數為止，已經數度親眼目睹龍害，切身體驗到龍所帶來的慘劇。

愛慕伯爵家的領民們苦心栽培的作物被恣意啃食狼藉，住家慘遭摧殘，有時還造成領民與家畜的犧牲，像這樣的光景，她已經用那雙眼眸一路目擊了無數次無數次無數次無數次。

「騎士們都在最前線賭命作戰。況且，父親大人也親上戰場指揮。身為女兒的我，又豈可拋下領民自顧自的逃命。」

意志堅定地表明決心後，伊莎貝爾楚楚可憐的臉上浮現一道略顯哀傷的笑容，轉頭望向侍女。

「艾卡莎。謝謝妳，長年以來始終侍奉著我們一家。現在，請妳休假吧。」

「不，我不休，大小姐……艾卡莎直到最後都要待在大小姐身邊。」

始終承受並對抗龍害的，並不只是伯爵家的族人。住在這片土地的全體居民，都是長年與伯爵家一同抗戰的戰友。

這位服侍伊莎貝爾的艾卡莎也不例外，她同樣是個年歲尚輕的女孩，也同樣抱持著堅定的覺悟。

面對心意已決的艾卡莎，伊莎貝爾帶著好似快哭出來的表情，道出一句「謝謝」。

一旦黑龍突破了騎士團的防線，柯貝可伯爵領地就會化為焦土吧。即使如此，伊莎貝爾也打定主意，要守著這棟宅邸直到最後的最後。

父親出外的現在，守護這棟宅邸就是自己的使命。

「伊莎貝爾大人……！艾卡莎姊，不得了了……！」

連門也沒敲就急忙闖進房裡的，是艾卡莎的弟弟，負責管馬的馬伕艾朗。

面對早已做好準備，等著迎接最惡劣報告的伊莎貝爾與艾卡莎，艾朗漲紅著臉接著說：

「從王都來的魔術師……把黑龍擊退了！」

艾朗這番話，讓伊莎貝爾不禁懷疑自己是否聽錯了。

關於王都有派出專司驅逐龍族的龍騎士團前來支援一事，她是知情的。就連那支龍騎士團有一名魔術師同行的事，她都很清楚。

與龍騎士團同行的，是立於利迪爾王國魔術師頂點的七賢人之一。其名為……

「是〈沉默魔女〉！〈沉默魔女〉好像自己一個人就把黑龍擊退了！」

見到艾朗如此難掩興奮之情，艾卡莎忍不住皺起眉頭糾正他。

「艾朗，一定是你加油添醋了。不管再怎麼優秀的魔術師，要隻身擊退黑龍也未免過於……」

「是真的啦！〈沉默魔女〉連龍騎士團都沒帶，就一個人闖進沃崗山脈去，把黑龍擊退了！」

普遍的說法是，龍族的鱗片非常之硬，魔力抗性也相當高。因此，用尋常的魔術攻擊，也只會輕易遭到彈開。

想打倒龍，就只能瞄準鱗片較稀薄的眉心，或者是眼珠子。

但，以翱翔於空的龍為對手，要達成這種條件有多麼困難，自然是毋需多言。

就連擅長實戰的龍騎士團，想驅逐龍聽說都得經過極度的苦戰。

（這樣的龍……卻僅僅一人就？）

抱著一時片刻難以置信的心情，伊莎貝爾開口問起艾朗：

「……死傷狀況呢？」
「死傷人數零！」
沒有半個伊莎貝爾深愛的領民犧牲，就成功迴避了這場歷史性的災害。這如果稱不上奇跡，什麼才叫奇跡。
正當伊莎貝爾感動地開口「啊啊～」讚嘆時，艾卡莎突然驚覺有異，抬頭凝視窗外。
「請等等，那是……」
朝艾卡莎的視線方向望去，可以發現空中依稀可見一片黑影。
起初以為是鳥群還什麼的黑影，正一步步逐漸擴大。
當黑影大到輪廓清晰可見時，伊莎貝爾當場倒抽一口涼氣，感覺自己渾身血流奔騰作響。
伊莎貝爾開窗衝上陽台。
接著絲毫不顧艾卡莎的阻止，攀上扶手探出身子仰望天空。
「那個是……翼龍……」
翼龍在龍族中屬於最低等的種類，智力既低，也不會噴火。但，透過那身機動力施展的銳利爪擊，對人類而言已是再充分不過的威脅。
成長到某種程度的翼龍基本上不大會群聚，不過當周圍存在比自己更高等的大型龍族時，翼龍有著會以大型龍為頭目集結的傾向。
眼前出現在上空的這群翼龍，恐怕就是以沃崗山脈的黑龍為頭目而聚集的吧。
然後，黑龍遭到擊退的現在，這群沒了指揮的翼龍，對於驅逐黑龍的人類心生憤怒，正打算露出獠牙。

伊莎貝爾維持探出身子的姿勢一一確認翼龍數量，隨後就在數字超過二十的同時，將身體自扶手上挪開，放棄繼續屈指算數的念頭。

龍的弱點在眉心或眼珠。因此在驅逐翼龍的時候，非得設法將其拖下地面不可。好比用綁了繩子的大型弓箭放箭，再讓牛隻拖曳繩索，待翼龍被扯至地面就給予致命一擊。用講的是很簡單，但光是這麼驅逐一隻就得耗費莫大的勞力。過程中出現犧牲也絲毫不稀奇。更遑論，就連長年與龍對峙的柯貝可伯爵家，都從未聽聞超過二十隻翼龍同時來襲的狀況。

嘎嘎作響的刺耳叫聲越來越響亮，灰色的上空逐漸為成群結隊的翼龍所壟罩。

「大小姐，請快點回到屋內！」

就在艾卡莎拉起伊莎貝爾手臂的瞬間，一陣強風突然朝兩人的全身撲來，是朝宅邸接近的翼龍連帶颳起的風。

為了不被強風颳跑而緊緊握住陽台扶手的伊莎貝爾確實看見了。看見翼龍那張得老大的眼珠，正捕捉到自己的身影。

啊啊──就在伊莎貝爾這句絕望的嘆息脫口而出時──

天空，突然開門了。

比城門更大，比翼龍的身體更寬，白燦的光芒在天空形成一對巨大的門扉，周圍並浮現出幾道散發同樣光芒的魔法陣。

從無聲無息敞開的門扉中開始吹出強風。這陣風也和發光的門扉一樣，纏繞著白色的發光粒子。

息。

告知春天來臨者——這是風之精靈王謝費爾德的別名，而這陣閃耀白光之風，正是風之精靈王的吐息。

召喚精靈王。在國內懂得如何使用者屈指可數，是極為高等的魔術。

精靈王的吐息在術者命令之下改變外型，變成銳利的長槍，劃開覆蓋上空的深厚雲層，逐一貫穿翼龍的眉心。

翼龍們連發出臨死的慘叫都來不及，就在摸清到底發生什麼事之前直接喪命，一隻一隻接連朝地面墜落而去。

「那，那是……」

翼龍的巨體，單是這麼墜地就足以構成威脅。下方若有人或建築物，便會產生災害。

但眉心遭貫穿而死的巨龍們卻在閃耀白風的包覆下，有如樹葉般輕巧著地、靜靜堆疊。

安靜無聲到令人恐懼，又操控得無比精確的魔術。施展這道魔術的，是站在翼龍屍骸前的一位嬌小人士。

那是位身上披著繡有金線刺繡的長袍，兜帽部分深蓋過眼，手上握著的黃金法杖比身高還長的魔術師。

術者的腳邊有隻像是使魔的黑貓，正在逗弄長袍的下襬。

身著長袍的人物抱起黑貓後，便轉身背向翼龍屍骸，起步離去。

在利迪爾王國，會以魔術師法杖的長度，直接象徵該名魔術師的實力。

然後，獲准持有長度及身的法杖者，在王國裡僅有七人——也就是七賢人。

擊落翼龍的那位嬌小魔術師，正是利迪爾王國引以為傲的最頂尖魔術師。

七賢人之一——〈沉默魔女〉。

「哎……哎呀……」

伊莎貝爾所認識的魔術，是會讓火焰或風直直朝目標飛去的東西。雖然是很厲害，但也僅此而已。能正確貫穿飛翔中翼龍的眉心，再讓墜落的巨體無聲無息地集中在同一位置……如此纖細又美麗的魔術，伊莎貝爾就連看都沒看過。

伊莎貝爾的雙頰染起薔薇般的色澤，在陽台上痴痴地望著救世主帶來的這場奇跡。

＊　＊　＊

同一時刻，某位男子正在稍微有段距離的地方眺望這幅光景。

男子碧綠的眼眸中映出的，是行使這道寧靜美麗魔術的魔女身影。

隨後，男子嘆了一口長氣，低聲咕噥起來。

「總算找到了……能讓我沉醉其中的東西。」

他那火熱的嗓音，就有如陷入了熱戀一般。

Humans can't handle magical power without chanting.

人類不經詠唱便無法運用魔力。

However, there is one girl genius

who have made the impossible possible.

然而，卻有一名天才少女化不可能為可能。

Silent✦Witch

I

沉默魔女的祕密

Secrets of the Silent Witch

✶ 第一章 同期來訪提出無理難題

……噗呢噗呢。

連筆都還握在手裡，就趴在桌上睡著的莫妮卡，因臉頰感受到某種柔軟物體的觸感而甦醒。

緩緩撐開沉重的眼皮後，馬上與面前黑貓那雙望著自己的金色瞳孔對上眼。

正以肉球噗呢噗呢地逗弄莫妮卡臉頰的黑貓，發現到莫妮卡已經清醒，臉上隨即浮現有如人類般的得意笑容。

「喂，莫妮卡，天亮嘍。妳想睡到什麼時候。妳是那個嗎，沒有王子的吻就醒不了的公主嗎？」

莫妮卡絲對說人話的貓一點也不吃驚，只是邊揉眼睛邊抬起上半身。

這隻黑貓是莫妮卡的使魔，既能夠理解人類的語言，也讀得懂文字。

只要一有閒暇，就會靈巧地以前腳翻頁，閱讀冒險小說等書籍，愛好讀書的程度遠在莫妮卡之上。會拿王子的吻來調侃，八成也是看書學到的吧。

「……唔唔，尼洛，早安。已經天亮了？我去洗把臉……」

莫妮卡將馬克杯裡沒喝完的冷咖啡一飲而盡，自椅子上起身。

在她轉身背向黑貓尼洛，打開玄關大門的同時，令人可以清楚感受到夏日將盡的涼風隨即輕撫臉龐。

利迪爾王國某座山裡的破舊小屋，就是莫妮卡居住生活的家。

周圍沒有其他任何民家，最靠近小屋的村子也得徒步超過一小時才能抵達。

繞至自家後方的莫妮卡，努力運作她嬌小的身軀，來到井口取水。

近來水道技術的發展令人眼之為之一亮，不單只限大都市，就連這附近的村子都已有水道普及。只可惜，位於半山腰的這間小屋，就沒那麼幸運了。

都市長大的莫妮卡，起初雖然也感到不便或麻煩，但最近已經徹底習慣了山間小屋的生活。尤其恬靜無人這點最令她中意。

莫妮卡自井裡裝滿一桶飲用水後，順手回收了曬衣竿上掛著不管的衣物，再回到小屋內。

接著就像想起什麼似的，望向擺在房間一角的鏡子。

某位熟人要她多少注重一下打扮，並硬是為她送來的這面鏡子，氣派到與這間破舊小屋顯得格格不入。

這面氣派的鏡子所映出的，是身著老舊長袍，頭髮凌亂不堪，身材細瘦的嬌小少女。

明明今年就要滿十七歲了，與實際年齡相比，身體卻顯得蒼白發育不良，毫無生氣。

隨手紮成兩條麻花辮的淺褐色長髮凌亂又無光澤，粗糙的程度就與稻草束沒兩樣。

在未加修剪，恣意生長的瀏海下，可以清楚看見那對圓滾滾大眼珠下的黑眼圈。

說實話，這副德性根本就慘到任誰都不敢直接出外見人，但對於莫妮卡這個獨居在山間小屋的家裡蹲來說，完全是無關緊要的小事。

（啊，不過，記得今天是每月一次的物資送達日吧……）

極度怕生，連在店裡買東西都成問題的莫妮卡，都是拜託山腳下村子的居民，為她定時運送食材等物資到府。

正當她有點猶豫是不是該把頭髮重新編整齊點時，小屋大門響起了一陣咚咚敲門聲。

「莫妮卡，食材給妳送來嘍～！」

爽朗有朝氣的少女嗓音傳進耳裡，令莫妮卡肩頭為之一顫，她趕緊將長袍的兜帽戴起，深深拉低。

在這期間，尼洛已經輕快地朝架子一躍而上。

「客人是嗎？那本大爺就裝成貓啦。喵～」

「嗯、嗯。」

向尼洛點頭示意的莫妮卡，戰戰兢兢地打開大門。

門外停著一輛載貨用拉車，車旁站了一位十歲左右的少女。

這位感覺個性很好強，將深褐色頭髮紮在後頸的少女，是附近村子的居民，名叫安妮。

從村裡替莫妮卡送貨來，基本上是這少女專屬的任務。

稍微從門後探出頭來的莫妮卡，忐忑不安地道出：「午、午安。」

安妮早已習慣了莫妮卡這樣的態度，只見她有如要擠走莫妮卡似的，將門大大地推開，拿起裝滿食材的貨物袋。

「這就幫妳把貨搬進屋裡，門要壓好喔。」

「嗯、嗯……」

莫妮卡忐忑不安地點頭，安妮則手腳俐落地將貨物搬往屋內。

莫妮卡居住的小屋雖然家具不多，但桌面與地板都散落著紙堆與書本，幾乎到了沒地方走路的慘狀。

床面早就被文件給塞滿，連想躺下來都沒辦法。

正因此，莫妮卡近來才會養成直接趴在桌子上睡覺的習慣。

「妳家還是這麼亂耶！噯，這些紙有這麼重要嗎？可以丟掉嗎？」

「全、全都，很重要！」

眼帶懷疑的安妮朝占領地面的紙堆望了過去。

「噯，這是算式對吧？用來計算什麼的？」

安妮不但識字，又是工匠的女兒，數字相關可說是她的強項。雖然年紀才剛滿十歲不久，卻是個腦袋遠較同齡孩子聰明的少女。

但羅列在這些紙張上的內容，即使看在這樣的安妮眼裡，似乎也只像是無法理解的數字。

莫妮卡盡可能避開安妮的視線，低下頭回答：

「呃──那邊的是……計算星星軌道的算式……」

「那這個呢？感覺寫了一大堆植物的名字。」

「……那、那是……把植物用的肥料配比計算後，統整列成的表格……」

「這邊的呢？好像寫了些類似魔法文字的東西？」

「……是、是米妮瓦的教授提倡的，新複合魔術式的，算式……」

莫妮卡搓弄著長袍寬鬆的袖口，聲若蚊蠅地回答。安妮聞言，不禁將眼睛睜得老大。

「魔術式？莫妮卡妳會用魔術嗎？」

「……啊，呃、那個……呃──……」

莫妮卡支支吾吾了起來，視線也左右游移不定。

趴在架子上假睡的尼洛喵～了一聲，就像要吐槽「喂喂，行不行啊」似的。

莫妮卡忸忸怩怩地搓弄手指好一會兒後，安妮突然笑著輕輕聳了聳肩。

「我開～玩笑的啦。怎麼可能嘛。要是會用魔術，早就到王都出人頭地了，才不會窩在這種山裡隱居呢。」

魔術──指的是運用魔力引發奇跡之術。

在從前，魔術同時也是由貴族所獨占的祕術。不過到了近年，庶民也漸漸開始獲准學習魔術了。

即使如此，想要進入學習魔術的機構，仍必須具備相應的財力與才能，並非任何人都能輕易擁有這種機會。倘若有庶民出身者順利成為魔術師，就已是堪稱飛黃騰達的程度。

譬如當上了上級魔術師，就有機會受貴族僱用，或進入普遍被視為明星行業的魔法兵團就職。

在這種山間小屋隱居的莫妮卡根本不可能是魔術師──安妮這番見解可說是再合理不過。

「噯噯，莫妮卡妳知道嗎？三個月前啊，國境東邊好像發生龍害了耶。」

莫妮卡的肩膀在長袍下為之一顫，趴在架上裝睡的尼洛也睜開了其中一隻眼睛。

尼洛垂在架子下的尾巴，正有如鐘擺般不停地左右甩動。

「說是有大型翼龍成群結隊出現在邊境村莊喔！數量竟然還高達二十多隻。」

翼龍一如其名，是長有飛翼的龍。雖然在龍族之中屬於智力低落的低等龍種，可一旦群聚就非常難纏。被牠們盯上的通常是家畜，但近年來飢餓的翼龍襲擊人類的事件已算是見怪不怪。

「然後啊！然後啊！統率那群翼龍的，竟然是傳說中的黑龍喔！就是那惡名昭彰的沃崗的黑龍！」

在龍族之中，冠以顏色為名的，好比黑龍或赤龍等等，就稱為高等龍種，被視為非常危險的存在。

其中，黑龍更被認為是最為危險的對象。

黑龍所吐出的特殊火焰──黑炎，是一種連上級魔術師展開的防禦結界都能無情燒盡的禁忌之焰。

一旦黑龍開始作亂，就算全王國都化作焦土也不足為奇。正是傳說級的危險生物。

「所以呢！龍騎士團似乎就出發去討伐黑龍了，而騎士團好像還跟了一位七賢人同行喔！啊，妳知道七賢人嗎？就是王國最頂尖的七個魔術師，總之就是很厲害很厲害的魔術師啦。」

「是、是喔……」

「最年少的七賢人——〈沉默魔女〉！聽說她不但自己一個人就打退了黑龍，還把翼龍全都擊落了喔！」

對鄉下小村子而言，這類傳聞是很重要的娛樂。

安妮說著說著，雙眼也閃閃發光起來……但，莫妮卡可無暇顧及這些了。

「那位〈沉默魔女〉啊，據說是現存魔術師裡頭唯一能夠使用無詠唱魔術的魔術師喔！魔術這種東西啊，基本上一定需要詠唱才能用，但〈沉默魔女〉卻不受這個條件限制！不必經過詠唱就能盡情施展強力的魔術呢！」

莫妮卡默默地伸手按住胃部。因為她感覺胃現在痛到像是被當成抹布在擰。

明明就是個教人心曠神怡的夏日早晨，莫妮卡卻流了一身的冷汗。

「是、是這樣啊……」

莫妮卡尷尬地回話，安妮則雙手按上臉龐，如痴如醉地說：

「唉~只要一次就好，我也好想親眼看看七賢人本尊啊~」

在這種鄉下地方，莫說是七賢人了，連中級以下的魔術師都沒什麼機會見到。或許正因如此，安妮才會對魔術師抱持著一種近似憧憬的感情吧。

莫妮卡一邊按著痛到翻騰的胃，一邊從櫥櫃的皮袋內取出幾枚銀幣。這是送達的食材費用以及安妮的運費。

「這、這給妳……每次，都謝謝妳了。」

莫妮卡小聲地道謝，牽起安妮的手，讓她握住銀幣。

安妮數了數銀幣的數目，不解地歪著頭。

「雖然每次都這樣，但給我這麼多真的沒關係嗎？這邊的金額，幾乎是食材費的兩倍了喔。」

「畢、畢竟，還麻煩妳特地，送來……多的部分，就當安妮的零用錢，沒問題的。」

換作是普通的小孩，一定會興高采烈地把硬幣收進懷裡，但安妮是個聰明的少女。

面對超乎付出的報酬，安妮不由得以試探的眼神不斷打量莫妮卡。

「莫妮卡，妳是做什麼工作的呀？」

「咦，呃——計算？」

「所以是數學博士嗎？」

「差不多……就這種……感覺吧。嗯……」

帶來這間小屋的堆積如山文件，寫的盡是些沒有統一感的內容。

除了星星的軌道、肥料的配比之外，其他還有什麼人口統計啦、稅收啦、商品的銷售量推移啦，總而言之，這山間小屋內就是充斥著乍見之下排得毫無秩序，實則以只有莫妮卡才懂的方式羅列的，各式各樣與數字有關的資料。

數學博士這個頭銜，似乎還算是個令安妮想得通的答案。

「嗯哼～那，昨天到我們村裡來的人也是數學博士嘍。」

「……咦？」

「有個自稱是莫妮卡同事的人，到我們村子裡來嘍。對方說想來莫妮卡的小屋拜訪，我就把路跟人家說了。我想應該快到了吧。」

同事。

聽見這個字眼，令莫妮卡臉色開始逐漸發青。

莫妮卡的身軀在寬鬆的長袍下不停顫抖，以極度驚恐的語調向安妮問道：

「那、那個人，是、是、是怎樣，的人……？」

「是我。」

一陣響亮的嗓音自莫妮卡背後傳來。

莫妮卡當場在喉嚨噫了一聲。

待她動作僵硬地回過身來，便看到一位將栗子色長髮綁成三股辮的美男子靠在大門上微笑。

在他的身旁，還站了一位身著女僕服的金髮美女待命。

男子身穿英挺的夫拉克大衣，配上手杖與單邊眼鏡。不管用什麼角度或眼光來看，都是位衣著高雅有品味的紳士。

更重要的，是他那略帶陰柔氣質，如女性般端正的清秀臉龐，幾乎所有女性都會情不自禁地看呆。

然而，莫妮卡卻是怕得瞪大了雙眼，賣命地強忍險些脫口的慘叫。

「路路路路、路易、路易……斯，先生……」

「可以麻煩妳不要擅自幫人改名成路路路路．路易路易斯這種幽默的名號嗎？」

「噫！非、非常對不……」

男子看也不看眼淚就快奪眶而出的莫妮卡，轉頭向安妮露出了一抹微笑。

接著牽起少女的手，在掌心擺了一顆糖果。

「謝謝妳告訴我怎麼來這兒，幫大忙了。小姑娘。」

「不客氣。」

安妮笑著向貌美的客人行了記淑女風格的回禮，接著將糖果收進口袋。

「那，要是打攪你們談公事也不好，我就先告辭嘍。掰掰，莫妮卡。下個月再見！」

安妮大大揮手道別，用比平時更賢淑的步伐走出了小屋。

抱著絕望的心情傾聽漸行漸遠的拉車聲，莫妮卡淚眼汪汪地仰望著面前的男子。

夫拉克大衣與手杖只不過是擬態，真正的他是個身著金線刺繡長袍，手握結實法杖的魔術師。站在背後待命的女僕服美女，則其實並非人類，而是與他締結契約的精靈。

「好、好久不見了……路易斯，先生。」

聽見莫妮卡嗓音顫抖地寒暄，男子也起手按上胸膛，優雅地一鞠躬。

「是呀，好久不見了。七賢人之一——〈沉默魔女〉莫妮卡·艾瓦雷特閣下。」

＊＊＊

所謂的魔法，就是運用魔力引發奇跡。其中，透過詠唱編組魔術式，藉以運用魔力之術，就稱作魔術。

若是擅長運用魔力的種族，好比精靈，那或許就不須透過魔術式與詠唱的輔助，但人類不透過詠唱，是不可能運用魔力的。

即使能透過名為短縮詠唱的技術來縮減詠唱時間，也仍需要花費數秒進行詠唱。

明明如此，卻有一名天才少女將此不可能化為可能。

她名為莫妮卡·艾瓦雷特。極度怕生，完全無法和人順利交談，窩在山間小屋足不出戶的這位家裡蹲少女，正是利迪爾王國魔術師的頂點——七賢人之一的〈沉默魔女〉。

雖然並非現存的所有魔術式都不必詠唱，但莫妮卡約有八成左右的術式能夠無詠唱發動。

魔術師最大的弱點就是詠唱中毫無防備。所以，詠唱時間長短在戰場上是如何地攸關生死，相信是無須多言。

在上級魔術師中，的確是有人會運用短縮詠唱來使詠唱時間減半，即使如此，要達到無詠唱的境界，找遍全世界就只有莫妮卡一個人辦得到。

正因如此，莫妮卡·艾瓦雷特才會在兩年前，以年僅十五歲的身分獲選成為七賢人。

這樣的天才少女，究竟是如何修得無詠唱魔術的，其經緯其實也相當直截了當。

極度怕生又有社交障礙的莫妮卡，根本就無法在外人面前正常講話。

以安妮為對象時的反應已經算是很好的，倘若面對的是陌生人或不善應付的對象，甚至會緊張到抽筋，連聲音都發不出來。最壞的情況是可能嘔吐昏倒。當然，更別提要她詠唱了。

數年前，剛進入魔術師養成機構的莫妮卡，在實技測驗時沒能成功詠唱，導致測驗不合格，差點因此被當。莫妮卡於是浮現一則想法——既然在考官面前會緊張到無法詠唱，那只要能夠不詠唱便發動魔術就行了。

換作常人，首先會想到的是努力克服怕生與社交障礙的問題，但莫妮卡的思路卻脫離常軌脫離得徹底，最恐怖的是，她的天分還就這麼開花結果。

就這樣，莫妮卡因為這種一丁點都不賺人熱淚的理由習得無詠唱魔術，還一帆風順地成了七賢人。

真可謂無心插柳柳成陰。

＊＊＊

莫妮卡生活的山間小屋內只有兩張椅子。其中一張已經堆滿像山一樣高的文件，沒什麼使用的機會。

看到椅子上的文件堆疊得如此高聳，莫妮卡放棄直接動手清走文件的念頭，只朝文件伸出了自己的指尖。

隨後，原本堆積如山的文件，就有如一張一張都擁有自己的意志一般，嘩啦嘩啦地接連飄舞至半空中，從椅子朝桌面移動。

要以魔術颳風並非什麼難事。但，想瞄準某個位置，透過魔術讓紙張一頁一頁精準移動，沒有細膩的魔力操控技術是辦不到的。

而莫妮卡——豈止是做得理所當然，實行前甚至還未經詠唱，眼見此景，路易斯清秀的眉頭不禁為之一顫。

「妳還是把自己的才能如此揮霍無度呀，同期閣下？」

以同期閣下稱呼莫妮卡的這名男子，不但同為魔術師，也同樣是七賢人之一。

他名為〈結界魔術師〉路易斯．米萊。

年齡比莫妮卡年長十歲，今年二十七，但他與莫妮卡在同時期當上七賢人，所以不時就會把莫妮卡喚作同期閣下。

路易斯只要不開口，看起來就像個纖細美男子，但其實由他隻身討伐的龍，累積數量位居歷年第二，是個貨真價實的武鬥派魔術師。

他還曾經擔任魔法兵團的團長，留下不少事蹟，好比他那辛辣的領導手腕據說令團員們個個聞風喪膽之類的。

（路易斯先生特地上門拜訪，會是有什麼事啊……該、該不會，又要找我去討伐龍……）

總之要是惹他生氣會很可怕，莫妮卡只得膽戰心驚地請路易斯往文件清空的椅子就坐。

路易斯坐上椅子，翹起二郎腿，向站在背後待命的女僕服美女使了記眼色。

「琳，防音結界。」

「謹遵吩咐。」

這位被路易斯喚作琳的女僕點頭示意的瞬間，小屋周圍的聲音突然全數消失，陷入一片寂靜。風聲、鳥叫，各式各樣的聲音一律都被隔絕在小屋外側。

在架子上裝睡的尼洛似是感覺很不舒服，鬍鬚抖啊抖的，睜著金色的貓眼望向女僕。

這位女性身材高䠷苗條，但那端正美麗的五官卻面無表情，散發一股洋娃娃般的氣質。

之所以能夠不經詠唱就展開結界，是因為她並非人類，而是高位精靈。能夠使役高位精靈的魔術師，找遍全王國也只有十人左右。

「那麼，今天上門呢，其實是有事想拜託妳。」

「……有、有事，拜託我，嗎？」

面對絲毫不隱藏戒心的莫妮卡，路易斯露出一副優雅的微笑，接著舉起帶著手套的手掌左右交疊，讓下巴靠上去。就連這種稀鬆平常的動作，由這個男人做起來都俊美如畫。
「是的，其實呢，我上個月接下了國王陛下的密令，必須負責第二王子的護衛。」
「……咦？」
路易斯的發言令莫妮卡瞪大了雙眼。
這個利迪爾王國共有三位母后各自不同的王子。
今年滿二十七歲的萊歐尼爾王子、滿十八歲的菲利克斯王子、滿十四歲的亞伯特王子。國內貴族們為了該由哪位王子來當王儲，已經形成各自的派閥。
莫妮卡從不關心這類權力鬥爭，所以對於派閥的認知就只有傳聞聽來的程度，不過第一王子派與第二王子派的勢力幾乎持平，第三王子派則略居劣勢，據她所知應該是這樣。
七賢人裡頭也不乏派閥中人，〈結界魔術師〉路易斯・米萊就是第一王子派的代表人物。
這樣的路易斯怎麼會被任命為第二王子的護衛？這種不協調感令莫妮卡忍不住皺起眉頭。
「那、那個，路易斯先生你應該……是第一王子派，沒錯，吧？」
「是呀，明明是這樣，真不曉得陛下為什麼會任命我負責護衛第二王子……雖說也不是完全沒頭緒，但擅自揣測陛下的用意也過於不敬，這裡就還是別提了。重點在於，陛下給我的命令是『在不被第二王子發現的狀況下』進行護衛。」
「……在不被第二王子，發現的狀況下，嗎？」
要在護衛的同時還避免遭到護衛對象察覺，這條件有多嚴峻自是無須多言。
為什麼，國王會指派身為第一王子派的路易斯負責護衛第二王子？
為什麼，有必要在護衛的同時還得避免第二王子察覺？

風之高位精靈
琳姿貝兒菲
（琳）
結界魔術師
路易斯・米萊

莫妮卡腦袋還一片混亂，路易斯卻已經淡淡開口接著說：

「如同先前提過的，第二王子菲利克斯殿下現正於住宿制名校賽蓮蒂亞學園就讀。若想在不被殿下察覺的狀況下進行護衛……嗯，潛入校園應該是最妥當的吧。」

潛入校園的路易斯。說真的，有點難以想像。

再怎麼說，〈結界魔術師〉路易斯．米萊的知名度非同小可，長相也廣為人知。再加上，外表還這麼出眾。不管怎麼想都不是潛入的合適人選。

路易斯本人似乎也對此有自覺，坦言道：「也罷，不太可能吧。」

「最關鍵的問題，還是那間學校處於第二王子派首席——克拉克福特公爵的勢力範圍，想潛入恐怕絕非易事。」

克拉克福特公爵乃第二王子的外祖父，是王國內數一數二的掌權人士。說得極端點，他與路易斯基本上水火不容。

對於想要暗中護衛的路易斯，難以想像公爵會願意提供協助。

「但，如果沒辦法進入校園……該怎麼進行護衛呢……？」

「我為此所準備的，就是這個護身用魔導具。」

路易斯從懷中取出一個小包袱擺在桌上。

包袱內裝的，是破裂的胸針。胸針中央的大顆紅寶石留著明顯的龜裂，別針精細的雕工也變得歪七扭八。

路易斯自桌上拿起胸針，展示給莫妮卡看。

龜裂的紅寶石與裸露的底座，都各自刻有不同的魔術式。光是這樣過目，莫妮卡便已經大致上理解魔術式的內容。

「……感、感測危險、小範圍物理&魔術防壁，追蹤以及傳令等魔術的複合結界……嗎？」

「一眼就全部看穿，果真不同凡響。是的，這是我費盡心血製作的護身用魔導具。」

所謂魔導具，指的是在經過特殊加工的寶石等物品上賦予魔力，藉此將魔術式嵌入其中的道具。

就算是本身無法使用魔術的人，也能夠透過魔導具享受魔術的恩惠，是一種相當便利的道具，但現階段還只在部分上流階級內流通，屬於超高級品。

更遑論這還是出自王國頂尖魔術師七賢人之手，價值絕不只是非凡的程度。要真訂個價碼，金額恐怕足以在王都買下兩三棟房子。

路易斯拾起龜裂的紅寶石，讓窗口曬進屋內的陽光穿透寶石。

「這是做成藍寶石與紅寶石成對的胸針。紅寶石的持有者可以隨時掌握到藍寶石持有者的所在地。此外，當藍寶石持有者遭受到任何攻擊的同時，就會自動展開防禦結界。屆時這枚紅寶石也會產生反應而發光……大致上是這樣。」

原本正在仔細觀察魔導具上魔術式的莫妮卡，在短暫沉默之後，畏畏縮縮地開了口：

「那、那個，意思就是說……這個魔導具與其說是用來保護第二王子……不如說是用來監視的，對吧？」

面對莫妮卡這番指證，路易斯卻只是露出爽朗的笑容，就好像完全沒做什麼虧心事似的。

「會在意護衛目標的動向，不是理所當然的嗎？」

「萬、萬一東窗事發，王子不會生氣嗎……」

「看來我們的同期閣下有點太過正經八百啦……讓我向這樣的妳，獻上一句名言吧。」

路易斯將手按在胸膛，有如即將道出聖言的神職人士，帶著聖潔無比的表情開口：

「『別穿幫就沒事了。別穿幫。』」

「……」

雖然無法壓抑「這樣真的好嗎」的想法，但魔導具上刻畫的魔術式，的確不是能夠簡單辨識的內容。

況且路易斯製作的魔導具還使用了多種複雜的魔術式。就算是上級魔術師，相信也無法輕易看穿吧。

「我已經請陛下將這個交給菲利克斯殿下了。就假裝是父親送給兒子的禮物，沒有透露是我製作的魔導具。」

接著只要第二王子形影不離地別著這個胸針，路易斯就能夠隨時監視第二王子的動向，在緊急時刻立刻介入應對。

歸根究柢，賽蓮蒂亞學園本身就在克拉克福特公爵的勢力下受到嚴密控管，覬覦王子性命的歹徒絕對無法隨隨便便入侵。

所以說，那種緊急時刻相信也不會太容易出現吧……路易斯原本好像是打著這樣的如意算盤。

「沒想到，我幾乎一整週不眠不休才做好的這對魔導具，似乎在陛下贈與菲利克斯殿下的隔天就破裂了。投入一週勞力，卻一天就弄壞……哎呀，當我這兒成對的紅寶石裂開時，我就覺得未免太詼諧，忍不住笑出來了呢。哈哈哈～」

路易斯的笑聲過於缺乏抑揚頓挫，眼神也絲毫感覺不出半點笑意。

不，說到底，根本不是可以一笑置之的事。路易斯這邊的紅寶石裂開，就表示第二王子遭遇到了某種危險。

「那、那結果……第二王子……人還平安，嗎？」

「這個魔導具啟動的同時，我就硬是鞭策自己睡眠不足的身體，十萬火急地趕到校園了。那麼，妳猜我得到什麼樣的答覆？」

路易斯單邊眼鏡底下的眼眸，閃起了銳利的光芒。

「殿下說，什麼事都沒有。胸針是不小心弄壞的。」

路易斯的手中傳出紅寶石啪嘰啪嘰的碎裂聲。紅寶石碎片稀哩嘩啦地從戴著手套的指縫間灑落。

「我做的東西不可能這麼輕易就被弄壞。更別提我還在胸針上施予了好幾道防護術式。很明顯地，胸針一定是受到了更勝防護機制的衝擊……而菲利克斯殿下卻刻意隱瞞這件事。」

事情總算開始愈聽愈不對勁了。不祥的預感油然而生，而且除了不祥預感還是不祥預感。

路易斯將碎成粉末的紅寶石殘骸啪啦啪啦地撒在桌上，並朝莫妮卡露出一副與那身怪力不符的優美笑容。

「那麼，都已經說到這裡，妳應該明白我的意思了吧。」

莫妮卡使盡全力搖頭。與稻草束沒兩樣的辮子左右不停甩動。

然而，路易斯卻有如絲毫不把她這番表態放在眼裡，繼續開口道：

「請妳代替我潛入校園一下，執行殿下的護衛任務吧。」

口吻稀鬆平常到跟「手帕借我一下」沒兩樣，但要求的內容卻是非同小可的無理難題。

「不、不可能，啦！為什麼要我……」

「誰教我是知名人物嘛。妳看，我這副美貌。不管怎麼變裝都藏不住對吧？就這點而言，妳既沒進入社交界，在儀式典禮上也都戴著兜帽低著頭，長相沒有曝光。最重要的是……」
說到這裡，路易斯中斷了發言，接著浮現一抹教人陶醉的美麗微笑，再度開口：
「肯定沒人想得到，這麼不起眼的小ㄚ頭會是七賢人嘛。」
簡直口無遮攔。
架子上的尼洛不停向莫妮卡投以「快點生氣！回嘴！」的眼神，但個性羞怯的莫妮卡能表達的最大限度抗議，就僅是「我辦不到～」這樣哭哭啼啼地啜泣而已。
「我、我從來，就沒有擔任過，任何人的，護衛……」
「就是沒經驗才好。」
「……咦？」
出乎意料的回答，讓莫妮卡短暫地止住了淚水。
路易斯放低視線，有點失落地搖了搖頭。
「殿下的直覺非常敏銳……先前派過魔法兵團的人隱瞞身分隨行護衛，結果三兩下就被拆穿了喔。好歹也是從小就在護衛的圍繞下長大，要看穿誰是護衛簡直易如反掌。所以說，現在正是妳上場的時候。」
路易斯正眼望向莫妮卡，中氣十足地說道：
「就算殿下再怎麼敏銳，也絕對無法想像，這種渾身散發門外漢氣息的小ㄚ頭，竟然會是自己的護衛。」
「……」
「更重要的是，妳的無詠唱魔術可以在不被周圍注意到的情形下發動，完全是暗中護衛的不二之選對吧？這次的任務，再沒有比妳更合適的人選了。」

路易斯雖然搬出各種冠冕堂皇的大道理講得頭頭是道，但看在莫妮卡眼裡，只覺得是魔導具被弄壞的路易斯，拚了命想對王子還以顏色。

即使曉以大義到這種地步，莫妮卡依舊沉默不語，毫無回嘴之意。路易斯見狀，故作失望地大嘆一口氣。

「自從妳我就任七賢人開始，已經流逝了兩年的時光啊……在這兩年間，說起妳做過什麼工作，就是成天關在家裡與紙張為伍。」

「三、三個月前，我也有出外，討伐龍……」

「光是這三個月，龍我就已經討伐了十次，那又怎麼了？」

七賢人之間並沒有明確的上下關係，但就任資歷尚淺的莫妮卡與路易斯，無論如何就是容易被分派到一些雜事。

這兩年來，路易斯主要負責出外討伐龍，莫妮卡則主要負責處理文件相關雜務。

這間小屋內的文件，幾乎都是莫妮卡向其他七賢人要求「請給我數字相關工作」接來的差事。

「妳做的都是數學家或會計的工作。聽好了，妳可是立於我國利迪爾王國頂點的魔術師，是七賢人喔？妳明白嗎？難道不覺得要做些只有妳才辦得到的工作嗎？妳有這樣想吧？是這麼想的吧？妳會這樣想吧？……快給我這樣想！」

提問到最後竟然是命令句。完全無血無淚。

「可、可是，我會成為七賢人，根本就跟候補補上的沒兩樣……」

「關於護衛第二王子的人選，陛下已經交由我全權負責。換言之……妳是沒有權利拒絕的喔，同期閣下？」

被按住肩膀，還在極近距離下遭到路易斯以透出閃光，如剃刀般銳利的視線緊盯，令莫妮卡反射性地點頭。不由自主地點了頭。

路易斯收起那充滿火藥味的笑容，把手自莫妮卡的肩膀抽離。

「明白了就好。另外，這件任務是國王陛下親自下令的……一旦任務失敗，甚至有可能遭到處刑，所以務必仔細聽好接下來的指示。」

處刑一詞讓莫妮卡忍不住顫抖起來。

這麼恐怖的任務才不想接。雖然不想接，但既然已經不小心點頭，路易斯想必不會就這麼放過莫妮卡吧。

莫妮卡現在能做的，就只剩下在第二王子畢業前的這一年內，用盡一切方法隱瞞真實身分進行護衛，設法達成任務而已。

就在莫妮卡心不甘情不願地做好覺悟後，路易斯以流暢的語調開始說明指示：

「那麼，這就趕緊來為妳說明具體作戰內容吧。就在數年前，利迪爾王國東部柯貝可伯爵領地的某間修道院裡，有一位孤苦伶仃，無依無靠的可憐小女孩。」

「……喔……」

「而柯貝可前伯爵夫人在那位可憐的小女孩身上，依稀看見亡夫的影子，因而將她收作養女。小女孩受到柯貝可前伯爵夫人百般疼愛，得到了一段幸福的成長時光。」

「真是段佳話，呢。」

面對莫妮卡這份直率的感想，演技上身的路易斯誇張地搖頭，以充滿悲愴感的嗓音說道：

「豈料，年事已高的夫人終於在某天病倒了，就這麼與小女孩天人永隔。」

「怎麼會……」

「失去了監護人的小女孩，開始遭到伯爵家的人疏遠，被伯爵千金當作下人一般使喚。後來，當伯爵千金進入貴族子女就學的賽蓮蒂亞學園一事敲定，可憐的小女孩便一起被強迫編入校園，好隨身伺候千金。」

「好、好可憐……」

「沒錯，這位可憐的小女孩就是妳。」

莫妮卡經過了將近十秒的沉默才開口：

「……什麼？」

「妳要以這樣的身世設定潛入賽蓮蒂亞學園。務必在入學之前仔細熟記。」

路易斯正經八百地拋出一連串非同小可設定，聽得莫妮卡冷汗直流，聲若蚊蠅地開口：

「那個……太、太過加油添醋，我有點混亂。」

「這麼難搞的隱情，想必就不會有人刻意深入了吧。另外，方才的身世是參考這本書的內容進行設定的。」

在路易斯身後待命的女僕服高位精靈——琳俐落地掏出一本書。

作者的名字是達士亭·君塔。那是尼洛近來很中意的小說家。

琳畢恭畢敬地將書交給莫妮卡說：

「劇情是描寫飽受伯爵千金欺凌的女主角獲得王子青睞，最終與王子陷入禁忌戀情的愛情羅曼史。伯爵千金那陰險又狠毒的欺凌手法描寫得入木三分，個人認為是一本相當值得玩味的書。」

琳的解說令架子上的尼洛露出一副興致勃勃的表情猛甩尾巴。

這間小屋內也有幾本書出自達士亭．君塔之手，但都是舊作了。琳手上這本則是最新作，尼洛會感興趣也是當然的。

琳牽起略顯困惑的莫妮卡的手，將書交到她的手上。

「這本書就先借給您，還請參考看看。」

是要人拿什麼橋段來參考什麼呀。

莫妮卡也不好推辭，隨手翻了翻書頁。

換作魔術相關書籍要她一連看好幾小時都行，但她沒有閱讀這類娛樂小說的習慣，因此完全無法吸收內容。

「那、那個……按路易斯先生方才說的設定，我應該會跟柯貝可伯爵千金，一起入學吧……」

「是呀，當然！我已經向柯貝可伯爵提過原委，請伯爵的獨生女伊莎貝爾大小姐提供協助了。」

莫妮卡驚訝地瞪大了雙眼。

「明、明明是那種亂七八糟的設定？這、這樣會給柯貝可伯爵家，添、添添、添麻煩，的……」

再怎麼說，要是貫徹路易斯想出來的設定，柯貝可伯爵與女兒伊莎貝爾大小姐可都要變成壞人了。

深感這過於對不起人家的莫妮卡臉色當場發青，路易斯卻一副從容不迫的態度接話。

「柯貝可伯爵這名字，妳沒印象嗎？」

「咦？呃——……」

數字是莫妮卡的強項，但關於記憶人名或地名她就不大擅長了。

即使如此，柯貝可伯爵這個詞彙，還是稍微勾起了莫妮卡的記憶。她感覺這是在比較近期聽過的名字。

「啊……討伐龍的時候……」

「一點也沒錯。三個月前，妳擊退黑龍的地區……那兒正是柯貝可伯爵領地。伯爵對妳抱著深切的感謝。深切到只要能為〈沉默魔女〉閣下出一份力，要提供怎樣的協助都在所不惜。」

柯貝可伯爵當時真的非常感謝擊退黑龍的莫妮卡，作為討伐龍的謝禮，甚至舉辦了宴會想要款待她。

只不過莫妮卡謝絕了伯爵的邀請，逃跑似地回到了這間小屋。所以無論是柯貝可伯爵本人，還是伯爵千金，莫妮卡都沒有見著面。

莫妮卡當時還相當忐忑不安，深怕辭退宴會是不是會惹得伯爵不悅，不過當事人伯爵本身似乎是解讀成：「〈沉默魔女〉大人竟如此客氣，多麼謙虛的人啊！」

「方才那些設定，都已經告知柯貝可伯爵與伯爵千金嘍。柯貝可伯爵還躍躍欲試地表示：『哎呀～簡直就好像在演歌謠劇呢！』」

「躍、躍躍欲試……」

「伊莎貝爾大小姐也雙眼閃閃發光地說：『這就是時下流行的反派千金是嗎！』」

「有、有這種流行嗎……？」

路易斯參考的小說好像正在王都掀起熱潮。

然後伊莎貝爾大小姐似乎還是狂熱到特地從王都調來新作的鐵粉。

「伊莎貝爾大小姐為了完美詮釋欺負妳的反派千金，正在發憤磨練演技。」

「……」

「所以說，妳就好好潛入校園，在接受伊莎貝爾大小姐欺負的同時，努力執行第二王子的護衛任務吧。沒問題啦，妳很擅長擔任被欺負的對象不是嗎？」

「……」

莫妮卡無法正常回應。

原因是，她已經陷入半昏迷狀態。

歸根究柢，當路易斯請求柯貝可伯爵幫忙的時候起，就壓根兒沒半點放過莫妮卡的打算。

＊＊＊

直到路易斯與琳一度告別小屋後，莫妮卡都依然呆坐在地板上。

路易斯說明天會在同一時間過來，要她趁今晚整理好行囊，但說實話，根本就不知道該從何著手。

「喂，莫妮卡。妳還活著嗎？喂——？」

尼洛用前腳朝呆坐著的莫妮卡腳上拍個不停。

換作平時，尼洛腳掌肉球的軟Q感觸一定能帶來不少療癒，只可惜現在莫妮卡內心沒有那種餘裕。

「怎麼辦……護衛什麼的，我、我辦不到……明明我根本就只是候補補上的七賢人……」

「妳從剛才就一直說個不停的『候補』到底是在說什麼呀？」

對於人類社會文化沒有太深入了解的尼洛歪頭表示不解。

莫妮卡吸著鼻子抽噎，回想兩年前的七賢人選拔測驗。

「兩、兩年前，有場七賢人的選拔……」

「嗯。」

「……我，我在面試時……因為太緊張，引發過度換氣。」

「嗯。」

「……雖然我自己沒什麼印象，但好像就這麼翻了白眼，口吐白沫倒地不起……」

尼洛半瞇著眼睛，搖晃起尾巴問道：

「……為啥妳這樣卻能當上七賢人。」

「就、就剛好，當時原任的某位七賢人罹患疾病，辭去了七賢人的身分……所以名額變成兩個。然後，主辦方就看在情分上讓我合格了……」

雖然並沒有向任何人打聽過，但莫妮卡確信原本只會是路易斯一人合格。

路易斯是位優秀的魔術師。曾任魔法兵團團長的他，資歷與實力都無可挑剔。而莫妮卡只是個一年到頭都窩在研究室，除了計算之外沒半點可取之處的小丫頭。兩者根本連比較的必要都沒有。

「我這種候補補上的七賢人，要擔任王子殿下的護衛……不、不可能的，絕對辦不到啦～～」

莫妮卡垂頭喪氣地以手遮臉，尼洛只得繼續用肉球拍拍她的腳以示安慰。

「這麼不想去的話，跑掉不就好了嗎。」

「不、不行，要是我跑掉了……路易斯先生絕對、絕對直到天涯海角都會追著我不放。」

〈結界魔術師〉路易斯．米萊雖然是個與一身貴族舉止十分搭調美男子，但同時也是國內名列前茅的武鬥派魔術師。

莫妮卡很清楚，他那雙手套下有著非常厚實的拳繭。

「喂，那傢伙真的是人類嗎？我看根本不是什麼七賢人，是地獄守門員吧？」

「他就是那麼恐怖的人嘛！」

自己已經無路可逃，莫妮卡對此有著深深的理解。即使如此，恐怖的東西還是恐怖。

面對不停啜泣的莫妮卡，尼洛甩著尾巴提出了建議。

「好，那我們就往積極的方向思考吧。妳接著要開始成為王子殿下的護衛。王子殿下呢～就那個嘛。一定超——帥的對吧？閃閃動人對吧？人類的雌性不都最喜歡王子殿下了嗎？」

「……我不太清楚。」

「七賢人不都會出席什麼儀式典禮嗎？妳該有看過王子殿下長什麼樣吧？」

莫妮卡動作溫吞地搖頭。

極度怕生，不擅長面對眾人聚集場面的莫妮卡，在儀式典禮上總是把兜帽蓋得深過雙眼，屏氣凝神地低頭撐到典禮結束。就連坐在王座上的國王，都沒有抬頭正眼瞧過。

「嗳，莫妮卡，本大爺有個問題。」

「……嗯。」

「連護衛對象長什麼樣子都不曉得，是不是挺要命的啊？」

「……怎麼辦……」

事到如今，「不曉得第二王子的長相」什麼的，根本不可能向路易斯這麼開口。更別提這次的任務要是失敗了……

在腦海中閃過的「處刑」兩字，讓莫妮卡不由得趴到地板上嚎啕大哭了起來。尼洛只得伸出前腳，猛拍莫妮卡的膝蓋安慰她。

✦第二章　反派千金大小姐喜歡沉默魔女

在利迪爾王國，有一首市井孩童無人不知無人不曉的童謠，名叫《沙姆叔叔的小豬》。

沙姆叔叔養了好多好多豬
第一年冬天，賣掉一頭豬
第二年冬天，賣掉一頭豬
第三年冬天，賣掉兩頭豬
第四年冬天，賣掉三頭豬
第五年冬天，賣掉五頭豬
嘎啦嘎拉　嘎啦嘎啦　車輪滾不停
噗～噗～　噗～噗～　小豬叫不停
第六年如果是八頭
第十年冬天賣掉的豬，應該是幾頭？

莫妮卡接下來就要前往路易斯位於王都的宅邸，但她的心情完全就跟《沙姆叔叔的小豬》沒兩樣。
換句話說，就是等著被賣掉的小豬。

（這首猜謎歌的答案是去年與前年的數字加總，所以如果是第十年，就是五十五頭……第十一年是八十九頭，第十二年是……）

莫妮卡帶著半逃避現實的感覺，不停在腦中計算小豬的數目。

就在數目來到一萬零九百四十六頭的同時，坐在一旁的路易斯朝莫妮卡開口搭了話：

「妳臉色不太好喔，同期閣下？」

「……第二十八年是三十一萬七千八百一十一頭，第二十九年是五十一萬四千二百二十九頭……」

「同，期，閣，下？」

被路易斯朝肩膀戳一戳之後，莫妮卡才總算從小豬不斷增殖的養豬場回歸現實。

「對、對不起，我剛在、剛在想事情……」

「喔～想事情。」

心裡想的事情其實是準備出貨的小豬數量……這當然說不出口，莫妮卡只得保持沉默。

莫妮卡他們現在，正透過路易斯的契約精靈——琳所放的風系魔法在空中飛行移動。

飛行魔術式一種難度極高的魔術，魔力的消耗也相當激烈。因此就算是上級魔術師，一旦飛上三十分鐘，魔力也非見底不可。

但身為精靈的琳，是用半球體的風系結界直接包覆路易斯、莫妮卡，以及順便躲在行李袋內的尼洛，再讓整個結界直接在上空高速移動，根本就不是常人所能辦到的。

這是因為琳身為精靈，魔量遠較人類來得多，況且又擅長運用魔力，施法時也無須詠唱。

每當目睹精靈的能耐，莫妮卡就深深體會到自己的無詠唱魔術根本沒什麼大不了。無詠唱魔術之所以會受到評價，純粹只因為莫妮卡是個人類。

袋。

（琳小姐好厲害，能和這樣的琳小姐立下契約的路易斯先生，也好厲害……）

相較之下，自己根本就只是個魔術發動得稍微快一點的家裡蹲研究者。

這樣的自己竟然必須肩負護衛王族的重責大任……想到這裡，莫妮卡低下頭抱緊了裝有尼洛的行李

這時，站在前方維持結界的琳，身體維持著面向前方的動作，只將腦袋俐落地向後一扭，望向路易斯與莫妮卡。

這有如斷頭娃娃般的動作嚇怕了莫妮卡，但貌美的女僕卻連眉頭都沒皺一下。

而始終面無表情這點令她看起來更像個娃娃。

「即將要抵達目的地了。關於這點，我想提議一項非常劃時代的降落方式……」

「不必了，安全地著地就好。」

琳依舊面無表情，但「謹遵指示」的回應隱約帶有些許遺憾的感覺。隨後在進入住宅區的時候，按路易斯所吩咐的，緩緩地降落地面。

路易斯的宅邸格局偏小，整體感覺較簡潔樸素。

原以為會是棟豪華館邸的莫妮卡，看到出乎意料的居家風格建築，一下子有點反應不過來。

「歡迎光臨寒舍。」

說著說著，路易斯打開自家大門，門後出現一位約二十六、七歲的女性身影。

路易斯隨即綻放笑容。

「蘿莎莉，我回來了。」

自報平安的路易斯，嗓音明顯地夾帶著喜悅之情。看來這位女性應該就是路易斯的妻子——蘿莎

莉・米萊夫人。

相較於外表光鮮亮麗的路易斯，蘿莎莉打扮得比較樸實無華。

衣著打扮不著重裝飾，以行動方便為主，一頭深褐色秀髮也只是簡單地紮在一起。

路易斯雖然正以全身上下強烈表現出自己想見妻子想見得不得了的心情，但蘿莎莉的態度卻十分平淡，連個微笑也沒有，始終直直凝視著躲在路易斯身後的莫妮卡。

該不會是丈夫突然帶著年輕女性回來，惹得夫人不悅了？

內心不安的莫妮卡趕緊低頭躲避蘿莎莉的視線，蘿莎莉卻反而毫無顧忌地一步步逼近莫妮卡，接著伸出雙手抓住她的臉龐，令莫妮卡抬頭。

「噫！」

「失禮了。」

蘿莎莉把因恐懼而陷入僵硬的莫妮卡瀏海撥起，並以手指將她的下眼瞼向下拉。

「那、那、那個……」

「別亂動。接下來就保持這個角度，把嘴巴盡量張大。」

莫妮卡遵照指示張嘴，蘿莎莉便開始確認莫妮卡的口腔。接下來更是鉅細靡遺地觀察她的全身，連手掌指甲都不放過。

「眼球運動狀況無異常，牙齦沒有出血。不過下眼瞼內側發白，指甲也泛白。再來就是皮膚較為乾燥……看起來有營養失調與貧血的症狀。我問妳，妳幾歲了？」

蘿莎莉一臉嚴肅地提出質問，已陷入半哭泣狀態的莫妮卡只得以顫抖的嗓音回答：

「今、今年滿十七……歲……」

「以這年齡來說太瘦了點呢。平常都怎麼吃的？一天平均睡多久？」
「沒、沒有特別，固定……」
莫妮卡每答一題，蘿莎莉的表情就變得更加嚴肅。
就這樣反覆問答幾輪之後，路易斯擺出了一副渴求關心的表情望向蘿莎莉。
「蘿莎莉，面對出外返家的新婚丈夫，送上一句『你回來啦』與歡迎之吻，應該不為過吧？」
「患者的照護最優先。」
路易斯的要求慘遭蘿莎莉直接一語回絕。
當莫妮卡以幾乎聽不見的音量主張「我身體，很健康……」的時候，蘿莎莉搖搖頭，斷言道：
「雖然不清楚妳是哪兒的誰，但看在任何人眼裡，都能確定妳就是個會走路的不健康集合體。治療方法是充分的飲食與睡眠。然後要請妳立刻入浴，把那身衣服換下來。」
果然是那個人的老婆。
雖然這對夫婦彼此相似之處不多，但這種口無遮攔的說話方式確實像一個模子印出來的。
看到莫妮卡嘴巴一張一合地說不出話來，路易斯一副放棄掙扎的表情聳聳肩。
「蘿莎莉是醫師。勸妳老實照作比較好喔，同期閣下。」

＊　＊　＊

在浴室被蘿莎莉．米萊夫人親手按入水面，再收下換洗衣物並接受溫暖餐點款待的莫妮卡，稍微喘口氣之後，被送往了米萊家的客房。

移動中始終待在行李袋內的尼洛，才剛帶著一副「總算能放鬆啦」的表情朝袋外探頭，就發現路易斯也在客房內，只得立刻把頭又縮了回去。

路易斯不感興趣地瞥了尼洛一眼，隨即開口向莫妮卡搭話：

「蘿莎莉主張應該讓妳小睡一會兒，但在那之前，要請妳向即將來訪的客人打招呼。」

「客、客人，是嗎？」

莫妮卡緊張了起來，路易斯點點頭，道出客人的名諱。

「柯貝可伯爵家的伊莎貝爾．諾頓大小姐。」

伊莎貝爾大小姐，是在這次任務中與莫妮卡一同進入賽蓮蒂亞學園就讀的協助者。

原來如此，在正式入學前事先打個照面的確比較妥當。

理解了用意的莫妮卡，針對自己無意間注意到的問題開口發問：

「……那、那個，柯貝可難道不是姓氏嗎？」

「什麼？」

路易斯一臉「聽不懂妳在講什麼」的表情，莫妮卡只好忸忸怩怩地搓弄著手指接話：

「呃，就，大小姐既然是柯貝可伯爵的女兒，名字不是該叫做伊莎貝爾．柯貝可，才對嗎……」

「柯貝可是爵位的稱號。擁有伯爵以上爵位的人，基本上都是用加上了爵位的稱號來稱呼喔。」

「……？」

路易斯伸出手指，把驚訝到翻白眼的莫妮卡臉頰捏個不停。

「同期閣下，我問妳，關於貴族階級的知識，妳大概理解到什麼程度？」

莫妮卡無言地搖搖頭，這下連路易斯臉上的笑容也消失了。

「關於我國的幾種爵位名稱，妳至少可以由高而低依序回答我對吧？」

「……男、男爵……侯爵……公爵……伯爵？」

見莫妮卡答得這麼語無倫次，路易斯忍不住擠出燦爛無比的笑容痛罵一聲「蠢ㄚ頭」。

「沒半個順序是對的，而且子爵是上哪兒去了？」

「……噫噫！」

「我說妳，明明就有辦法把總數破百的魔素名稱答得一字不漏，為什麼五爵這麼基本的東西卻答不出來？」

就算要問為什麼，也只能回答是因為不感興趣。

但要是真這麼憨直地回答，肯定又要惹來路易斯的一頓凶，莫妮卡只好默默地低下頭。

路易斯伸手推了推單邊眼鏡，大嘆一口長氣。

「首先，請妳把這個仔細記在腦內。我國的爵位由上而下依序是公爵、侯爵、伯爵、子爵，以及男爵。再往下還有所謂的準貴族，這裡就先割愛不談。總而言之，一旦遇見公爵以上的對象，先當作對方擁有王族血統就對了。」

在努力記憶路易斯這番話的同時，莫妮卡小聲咕噥了幾句。

「……原、原來，伯爵的地位意外地高呢。」

說實話，莫妮卡一直以為伯爵在爵位階級中是最低的。

莫妮卡這番自言自語，令路易斯的兩眼瞪大到極限，以一種望著不可置信對象的眼神凝視莫妮卡。

「……同期閣下？妳明明，自己也有爵位不是嗎？」

七賢人有受封名為「魔法伯」的特殊爵位，地位就相當於伯爵。換句話說，莫妮卡其實也是貴族。

而且還是國內不到十位，貴重的女性爵位擁有者……但，兩年來幾乎都窩在山間小屋足不出戶的莫妮卡，根本沒有身為貴族的自覺。

回頭一想，自己當上七賢人的時候，的確有印象收下了許多東西，像是爵位證明書啦，戒指啦什麼的，可是莫妮卡就連自己把這些東西收到哪兒去都記不太清楚了。大概，是埋在山間小屋紙堆下方的某處吧。

莫妮卡老實地招出這些真相，路易斯忍不住伸手按上緊鎖的眉頭，再嘆一口氣。

就在這時，房外響起了敲門聲。

隨即從門後傳來的，是琳的聲音。

「柯貝可伯爵千金抵達了。」

路易斯朝莫妮卡一瞥，扔下一句「走吧」。

莫妮卡按著自己隱隱作痛的胃，慢吞吞地站了起來。

＊＊＊

「喔～呵呵呵！各位午安！」

隨著這道響亮到幾乎傳遍整間宅邸的笑聲，一位與莫妮卡年紀相仿的少女來到她的面前。

少女身上穿著繡有奢華刺繡的鮮紅禮服，還留了一頭亮麗氣派的橙色長捲髮。

正當莫妮卡被這股氣勢震懾在門前動彈不得，柯貝可伯爵千金伊莎貝爾．諾頓隨即舉起扇子遮口，瞇起眼睛不懷好意地望向莫妮卡。

「哎～呀，莫妮卡阿姨，近來可好？妳還是老樣子，打扮得那麼窮酸呢。一想到我們柯貝可伯爵家還得幫妳留一個最邊緣的位子，我就羞得沒臉見人呢！」

即使無法理解出口的話語內容，夾帶在嗓音中的明確敵意也立刻刺向了莫妮卡。

內向的莫妮卡對於來自他人的惡意甚為敏感。單是被人投以稍微帶刺的言語，就會當場氣力盡失，她就是這麼膽小的人。

伊莎貝爾這番惡意飽滿的台詞，自是馬上惹得莫妮卡淚眼汪汪。

但，莫妮卡還沒癱倒在地，伊莎貝爾就先收起了壞心眼的表情，換上一張楚楚可憐的笑容。

「剛才的表現還可以嗎？有沒有很像反派千金大小姐？我自從接下這次的任務，就每天從不間斷地進行發聲練習呢！說到喔呵呵笑聲的犀利程度，我可是有自信不會輸給任何人的唷！」

笑聲的犀利程度到底是什麼。

莫妮卡傻眼到眼珠子都變成小黑點的時候，伊莎貝爾突然浮現一臉驚覺到什麼事的神情。

「哎呀真糟糕，我竟然連自我介紹都忘了，真不像樣。」

伊莎貝爾揪住禮服的裙襬，行了一記優雅的淑女式敬禮。

「初次見面，〈沉默魔女〉莫妮卡．艾瓦雷特大人。我是柯貝可伯爵亞茲爾．諾頓之女，名叫伊莎貝爾．諾頓。於討伐黑龍之際實在受到妳太多幫助了。謹在此代表父親與領民，向妳致上感謝之意。」

伊莎貝爾對衝擊過度而幾乎雕像化的莫妮卡露出一抹微笑。

那是已經看不到任何壞心眼的成分，脫俗地可愛，並且充滿親近感，惹人關愛的笑容。

「啊啊～打退那恐怖的沃崗黑龍，又擊落成群翼龍的七賢人大人，竟然是一位這麼可愛的女性！況且據我所知，我們的年紀只差一歲呀！」

年紀只差一歲，就是說大小姐今年該是十八歲吧——莫妮卡在陷入麻痺的腦海角落如此思考著。這時，臉龐泛起紅暈的伊莎貝爾突然牽起了莫妮卡的手。

「啊啊～拜託……可以允許我，用莫妮卡姊姊來稱呼妳嗎？」

結果竟然是自己比較大。

「那、那個，呃——這……」

眼見莫妮卡愈來愈不知所措，直到方才為止都坐在沙發上，微笑著觀察這一連串互動的路易斯終於開口插嘴：

「好了好了，同期閣下，今後將提供妳協助的伊莎貝爾大人特地來訪，妳的問候呢？」

「今……今後，還請……多多……煮教……」

莫妮卡喉嚨都快抽筋似地擠出聲音來，路易斯只得擺出一副傷腦筋的表情聳聳肩。

「真是不好意思，伊莎貝爾大人。〈沉默魔女〉閣下生性有點害羞。」

「快別這麼說，我完全不在意。莫妮卡姊姊雖然害羞……但卻比誰都強，比誰都勇敢，這我是知道的！」

妳說的到底是誰呀——莫妮卡忍不住如此心想。至少自己絕對不強，也並不勇敢。

然而伊莎貝爾已經完全進入自己的世界神遊，只見她伸手按上自己薔薇色的臉龐，如痴如醉地開口說道：

「就算是龍騎士團，想討伐沃崗的黑龍也絕非易事。黑龍所吐的火焰就是冥府之焰。連魔術師的防禦結界都會被燃燒殆盡，黑龍就是如此最強最壞的龍！這樣的龍，啊啊～卻被姊姊單槍匹馬就擊退了，這可不是任何人都能辦到的！而且而且，打倒黑龍之後，還不發一言就轉身離去……那樣子……那樣子……未免太帥氣了不是嗎～！」

「那個……呃～……」

順帶一提，莫妮卡之所以會參與討伐黑龍的任務，是因為路易斯打著「偶爾也去運動一下如何？」的說法，硬是把她從山間小屋拉出來。

沒參加慶功宴，也並非出自謙虛，而是因為怕生。

但，看在對這些一無所知的伊莎貝爾眼裡，莫妮卡似乎就成了一個既勇敢又謙虛的大魔術師。

雖然是天大的誤解，可是莫妮卡也沒有足以即刻解開誤會的口才。

至於路易斯，更是打算最有效地利用這個誤解。

「姊姊！聽說妳這次為了替菲利克斯殿下進行護衛，必須得潛入賽蓮蒂亞學園！能為此幫上姊姊的忙，是我無上的光榮！為了不讓姊姊受到一丁點的懷疑，我保證，會徹底糟蹋姊姊，一定會努力糟蹋、糟蹋、糟蹋到無以復加！還請儘管安心地專注在殿下的護衛方面吧！」

說著說著，伊莎貝爾牽起莫妮卡的手，使勁用力甩個不停。

完全被現場氣氛牽著鼻子走的莫妮卡，唯一能做的，就只是在任憑擺布的同時點頭示意而已。

✦ 第三章　校長的高速巴結手

賽蓮蒂亞學園的命名緣由，是為了能得到精靈王之一——光之女神賽蓮蒂涅的加護。校徽也以光之女神的錫杖與百合冠為原型下去設計。

原本在從前，王族與貴族並沒有通學的習慣，但隨著時代變遷，收受貴族子弟的教育機構開始不斷增加。這間賽蓮蒂亞學園也是其中之一。

於現存的數間供富裕階級與掌權人士子女就讀的學校、宿舍與女子學院之中，賽蓮蒂亞學園具備了「史上第一間收受利迪爾王國王家學子入學」的歷史。

有王家學子就讀的賽蓮蒂亞學園、魔術師養成機構米妮瓦，以及神殿傘下的學院——每當提起利迪爾王國的三大名門校，會被舉出的就是這三所。

其中，在法律相關面最強盛的是學院。

魔法、魔術領域最突出的是米妮瓦。

然後在上述以外的教養方面最出類拔萃的，就是賽蓮蒂亞學園。

賽蓮蒂亞學園囊括了一流的講師、壓倒性豐富的藏書，以及配得上貴族子女就讀的一切設施設備。

想入學必須負擔高額的學費與捐獻，但只要能順利畢業，日後想在王宮就職時，賽蓮蒂亞學園的學歷大多會派上用場。

就貴族而言，賽蓮蒂亞學園畢業生這頭銜同時也是一種社會地位。

倘若能在這樣的賽蓮蒂亞學園加入學生會，自然會受到眾人另眼看待。更遑論第二王子菲利克斯．亞克．利迪爾還是現任的學生會長，可以說，當上現在的學生會成員，就等於成為未來的第二王子側近候補。

——沒錯，只要加入學生會，就相當於將來已經安泰了，原本應該是這樣的。

（……明明如此，可是，事情為什麼會變成這樣！）

賽蓮蒂亞學園的學生會室裡，學生會會計奧隆．歐普萊恩正在內心如此吶喊。

站在房間中央的奧隆，身旁圍了一圈賽蓮蒂亞學生會的幹部。

直到昨天為止還是夥伴的幹部們，如今正向奧隆投以看待罪人的眼神。

在這個氣氛緊張到一觸即發的學生會室裡，唯一還露出微笑的，是坐在學生會長座椅上，以手托腮的青年，亦即身為學生會長的利迪爾王國第二王子——菲利克斯．亞克．利迪爾。

「那麼——」

光是菲利克斯如此開口，就讓現場氣氛為之一變。

面對肩頭一顫的奧隆，菲利克斯擺出了一副慈悲為懷的聖人笑容。

「根據監察的結果，確實發現了竄改帳簿的跡象。你曾經侵占公款。而且還不只一次兩次……沒錯吧？」

質問的語調溫文平穩至極，但卻蘊含了一股有如以小刀直搗對方心臟的冰冷。

奧隆正支支吾吾地想辯解，眼角下垂的深褐髮青年——書記艾利歐特．霍華德就以尖銳的目光瞪向奧隆，開口說道：

「侵占的次數早就數不清了是嗎？……單看我這邊能確認到的，就已經超過三十次嘍。」

艾利歐特的口吻雖然輕浮，兩眼卻充滿了對奧隆的輕蔑。

繼艾利歐特之後，正以扇子遮著嘴，一頭美豔金髮的千金小姐，書記布莉吉特．葛萊安也出聲發言：

「光是去年度的普通預算就這個數字。只怕特別預算裡頭有更多被侵占的部分吧？」

一頭亮褐髮的嬌小少年——總務尼爾．庫雷．梅伍德點頭同意布莉吉特的意見。

「沒錯，特別預算的部分還在重新確認，但已經發現竄改的痕跡，相信是錯不了了。與普通預算的部分合計……應該有將近五十次吧。」

自己幹的勾當給人一一挑明，奧隆忍不住在內心咂嘴。

（挪用幾次公款這種事誰會一一放在心上啦！）

雖然也被協助者說過「太過火啦」，但本來應該是絕對不會穿幫的。

面對保持沉默的奧隆，菲利克斯依然保持著溫柔的笑臉開口：

「我之所以會挑上你成為學生會幹部，是因為外祖父大人——克拉克福特公爵向我推薦你。」

學生會幹部乃由學生會長挑選任命。因此有為數眾多的人為了巴結菲利克斯——以及他背後的外祖父克拉克福特公爵，主動獻上白花花的銀子。其中支付最大筆鉅款的，就是奧隆的父親，史提爾伯爵。

正因如此，克拉克福特公爵才會命令孫兒菲利克斯，務必讓奧隆成為學生會的一員。

只要老老實實幹好會計的工作，奧隆與史提爾伯爵家將來都能確保安泰吧。

偏偏史提爾伯爵家就因為向克拉克福特公爵進貢過頭，而變得經濟拮据。

結果，零用錢減少的奧隆為了想要能自由玩樂的錢，便動用了學生會的預算中飽私囊。

賽蓮蒂亞學園 學生會書記
艾利歐特・霍華德
賽蓮蒂亞學園 學生會副會長
希利爾・艾仕利
賽蓮蒂亞學園 學生會書記
布莉吉特・葛萊安
賽蓮蒂亞學園 學生會總務
尼爾・庫雷・梅伍德
利迪爾王國 第二王子
賽蓮蒂亞學園 學生會長
菲利克斯・亞克・利迪爾

（可惡，可惡，可惡……！）

面對咬牙切齒的奧隆，菲利克斯瞇起了雙眼。

簡直就像要將奧隆一步一步逼上絞刑台，以棉花將他輕輕絞死一般，王子開口宣判死刑的語調極為柔和，又極為冰冷。

「我無法對你下達退學以上的處罰。不過，外祖父大人一定會從此與史提爾伯爵劃清界線吧。」

菲利克斯這段話，令奧隆感覺自己渾身寒毛直豎。

只要是在這間學校就讀的人，任誰都清楚——

第二王子的背後，有全王國權勢最強大的大貴族克拉克福特公爵在撐腰。

以及，克拉克福特公爵，是一位冷酷無情，下手絕不心軟的人物。

「令尊為了融資，似乎無論如何都需要克拉克福特公爵家的信用嘛？唉～真可憐。今後，史提爾伯爵家想必從哪兒都申請不到融資，伯爵家就要這麼衰退了。」

奧隆的臉上浮現出斗大的汗珠。

（不要緊，絕對不要緊的。那傢伙一定會幫我想辦法！）

以往那個協助者每次都有向自己伸出援手。這次一定也會巧妙地打點好，幫助自己脫困才對。

（沒錯，那傢伙會……那傢伙，會……）

本打算在腦海中回想協助者的長相，卻始終想不起來。

起先奧隆以為是自己太焦急，陷入混亂之故，但愈是努力回想，記憶就愈是蒙上一層薄霧。思考不由得停滯下來，頭也隱隱作痛。

（怎麼回事？為什麼？為什麼想不起來？）

奧隆．歐普萊恩確實有一名協助者。的確是有過的。應該是，有的。

那位協助者以平分贓款為條件，出手協助了奧隆的舞弊行徑。

明明如此，奧隆卻連那個協助者的長相、聲音，以及名字，全都沒辦法想起來。

「啊、啊啊，啊啊啊……」

雖然不清楚理由，但自己的記憶被掏空了一塊。

這種感覺，就像是親眼目睹自己的身體被挖通一個大洞般恐怖。

奧隆流了滿頭大汗，伸手按住疼痛不已的腦袋，嘎嗟嘎嗟地渾身發抖。

強烈的恐懼會引發恐慌。面對只差一步就會理智斷線的奧隆，菲利克斯帶著聖人般的笑容給了他致命一擊。

「……你懂嗎？伯爵家就要因為你的愚昧而滅亡嘍。」

噗嘰。

理智斷線的聲音在腦中響起。

腦袋深處好熱。好熱。

委身於這股幾乎要將腦內血管燒斷的灼熱感，奧隆口沫橫飛地嘶吼起來：

「住嘴住嘴住嘴！你這空有虛名的王族……公爵的走狗——！」

喪失理性的奧隆放任憤怒驅使自己，猛力跳上辦公桌，打算一把揪起菲利克斯。

但，就在奧隆即將抓住菲利克斯的瞬間，站在牆邊待命的其中一位側近，頂著白金色秀髮的青年——副會長希利爾．艾仕利以更快的速度制伏了奧隆。

希利爾迅速詠唱完咒文，「結凍！」號令一出，奧隆的腳就立刻遭到冰塊包覆。

以冰系魔術拘束了奧隆的希利爾，端正的五官因憤怒而扭曲，狠狠地盯著奧隆。

「臭小子！對殿下如此膽大妄為出言不遜……你罪該萬死！看我還不把你凍成冰雕推落窗口！」

包覆腳邊的冰隨著嗶嘰、啪嘰的結凍聲自奧隆的雙腳向上蔓延。再這樣下去，奧隆肯定難逃化作冰雕的命運。

但就在冰蔓延到膝蓋的時候，菲利克斯喝止了希利爾。

「希利爾，處分他不是你的職責。」

此言一出，希利爾隨即中斷魔術，向菲利克斯低頭賠罪。

「……失禮了，恕我僭越。」

「你是出於擔心我的安危才動手的吧？多謝你挺身保護我了。」

菲利克斯向希利爾回以微笑，並順勢將視線帶往奧隆身上。

那有如在水藍色瞳孔中點綴一滴綠色水彩的碧綠色眼眸，無情地凝視著奧隆。

「奧隆．歐普萊恩。直到接獲正式退學通告之前，我命你待在宿舍禁閉。請你細細咀嚼自己那份愚昧，思考為什麼會落得被區區公爵走狗擺布的下場吧。」

啊啊——一聲哀嘆自奧隆顫抖的嘴唇竄出。

記憶開始逐漸地模糊不清。自己應該是有位協助者的，明明應該是有的，卻怎都想不起來……不，不，不——

……協助者真的存在嗎？

＊＊＊

在前往賽蓮蒂亞學園的馬車上，莫妮卡正不知如何是好。

「怎、怎麼辦，怎麼辦……」

莫妮卡如此傷腦筋的理由，說穿了，就是女生宿舍的房間分配問題。

賽蓮蒂亞學園是一所住宿制學校，而宿舍基本上是採兩人房。

但，莫妮卡是一個抱有社交恐懼症而在山間小屋生活的溝通障礙者，要她在兩人房跟室友正常生活，根本就是痴人說夢。

而且現在明明就已經被塞了護衛第二王子這種棘手的任務了說！

「用不著多體面的房間也沒關係……至少，讓我住單人閣樓嘛……」

宿舍也不是完全沒有單人房，但聽說都只限成績優秀或捐款金額夠高的同學才能住。

捐款金額想要達標，說實話並不困難，成為七賢人之後的收入，莫妮卡幾乎沒有動過，所以完全沒有經濟方面的問題。

然而身分既然已經被設定為柯貝可伯爵家的掃把星——莫妮卡．諾頓，這會兒要是又捐獻到足以住在單人房的鉅款，再怎麼說都太不自然了。

要是能與任務協助者伊莎貝爾同房也就罷了，偏偏伊莎貝爾是高中部一年級。宿舍分房時會按年級分配，因此她與二年級的莫妮卡不可能同房。

怎麼辦，怎麼辦，不知所措的莫妮卡一直抱著頭發抖。這時，伊莎貝爾突然自信滿滿地開口提議：

「姊姊，關於這個問題，我倒是有個好主意。這裡就放心交給我，讓我用反派千金該有的作風華麗地解決吧。」

「反、反派千金的作風……？」

面對一臉困惑的莫妮卡，伊莎貝爾只笑著接了一句：「包在我身上吧！」

終於，馬車抵達了賽蓮蒂亞學園。

賽蓮蒂亞學園是一棟如利迪爾王城般美麗的建築。白色的牆壁與藍色的屋頂。雖不若城堡設有尖塔，但放眼所及之處都刻了華麗的雕刻。

仰著頭的莫妮卡差點就這麼看呆，伊莎貝爾只得督促她：「我們走吧。」

伊莎貝爾前往的並非宿舍，而是校長室。

莫妮卡原本很戰戰兢兢，突然申請面談，校長會不會露骨地不愉快。但校長卻一反預料地搓著手展開面談。

伊莎貝爾的老家柯貝可伯爵家在地方貴族中是位居前五以內的名家。給校方的捐款亦相當符合此一地位，所以校長對待伊莎貝爾的態度也恭維到令人訝異。

「哎呀哎呀，這不是伊莎貝爾大人嗎。敝校實在受令尊多方關照了，真的。」

摸著自己的一頭灰髮，外表看來約五十來歲的校長用那大大的臉龐努力陪笑臉，將伊莎貝爾及莫妮卡引進校長室。

賽蓮蒂亞學園畢竟是貴族子弟就讀的校園，建築物打造得相當華美。

其中校長室更是極盡奢華，裝飾了各種一看就覺得價格不斐的畫作與雕刻。

伊莎貝爾自己朝校長對面的沙發坐了下來，讓莫妮卡站在沙發後頭。

「其實，我有件事想拜託校長幫忙。」

「請說，請說，不管什麼事都儘管開口，敝人一定設法處理。」
校長從座椅上猛力向前探出身子，伊莎貝爾掏出扇子遮住嘴邊。
接著，愁容滿面地長嘆一口大氣。
「我聽說，賽蓮蒂亞學園的宿舍，是採兩人同房的方式分配的……可是，我這麼纖細的性格，要我與素昧平生的人同住一室，實在太難以忍受了。」
「什麼呀，原來是這麼回事。請安心，敝校當然會為了伊莎貝爾大小姐安排配得上柯貝可伯爵家的單人房。啊，這麼一提，旁邊這位小姐也是伯爵家的親戚嘛。需要將兩位的房間安排得靠近點嗎？」
「什麼！你說要把這丫頭安排在我房間附近？」
伊莎貝爾抓準這個絕佳機會，扯高了嗓子大喊。
校長當場縮起肩頭打顫。就連沒事先聽伊莎貝爾提過作戰內容的莫妮卡，也嚇得「噫」一聲渾身發抖。
「你這是在說笑吧！要住在這種土包子丫頭的房間附近？這種事，我敬謝不敏呀！」
「啊啊啊，這是敝人太不機靈了，實在抱歉。那就將兩位的房間盡可能安排得遠一些……」
「校長，這丫頭就連住普通的房間都配不上！想到有誰得委屈自己與這丫頭當室友，就教我深感同情呀。」
伊莎貝爾將扇子斜擺，裝腔作勢地假哭起來，這下校長搓手的速度更快了。
校長瘋狂搓動他的高速巴結手，操著肉麻諂媚的語調開口：
「這、這樣的話，敝校究竟該如何處理比較……」
伊莎貝爾在扇子下的嘴角，露出了一抹確信勝利的微笑。

然後朝背後低著頭的莫妮卡仰頭一瞥，以壞心眼的嗓音說道：

「妳這種土包子，就適合在閣樓裡過活……我沒說錯吧？」

莫妮卡邊發抖邊點頭，伊莎貝爾隨即向校長補上一句「她本人也這麼說嘍」當作致命一擊。

校長聞言，自言自語地咕噥著「閣樓嗎……」顯得面有難色。恐怕並不是在顧慮莫妮卡，而是擔心校園形象受損吧。

伊莎貝爾立刻朝這樣的校長投以銳利的目光。

「閣樓沒空出來嗎？不然讓她睡馬棚也無妨喔。」

「不不不，那就把床位搬到閣樓去吧。嗯，好的。」

趁校長不注意，伊莎貝爾向莫妮卡眨了眨眼。

面對如此充滿反派千金風格的亮眼處理法，莫妮卡驚訝得目瞪口呆。

（反、反派千金，好厲害……）

順帶一提，厲害的並不是反派千金，而是伊莎貝爾。

＊＊＊

離開校長室的莫妮卡，總算是鬆了一口氣。

閣樓的位置就在學生宿舍最高樓層的置物室上方，與其他學生們的房間樓層有別。

若是家世顯貴的千金大小姐，被這種待遇惹得嚎啕大哭都有可能，但對於莫妮卡來說，再沒有比這個更令人感激的安排了。

「呃，那個，伊莎貝爾大人……謝、謝謝妳……」

正當莫妮卡如此忸忸怩怩地開口道謝，伊莎貝爾卻突然淚溼了眼眶。

大吃一驚的莫妮卡，只能手足無措地仰望伊莎貝爾。

「那、那個，伊莎貝爾，大人？」

「啊啊……可以的話，真希望能和莫妮卡姊姊成為室友，一起偷偷在深夜享受茶會，或是同睡一張床聊些祕密話題呀～～～！可是可是，我不能妨礙姊姊執行任務對吧！這種地方，我是很有自知之明的！」

伊莎貝爾拿起手帕擦拭眼角，隨後朝慌張不已的莫妮卡緊緊抱住不放。

「姊姊！有空的時候，請務必來找我！隨時歡迎姊姊到我房間玩！我保證會全心全力款待姊姊～！」

「好、好的……」

莫妮卡動作僵硬地點頭時，伊莎貝爾一副突然驚覺到什麼的表情，整肅好自己的站姿。

從走廊角落傳來了交談聲。雖然明天才是開學典禮，但校內已經四處可見教師或正在進行社團活動的同學。

所以，就算真的有誰跑來這兒也不足為奇，但，交談的內容聽起來似乎並不單純。

「該死！放手！給我放手！我沒有做錯任何事！」

「吵死了！小心我把你嘴也凍住！」

「冷靜點，希利爾·艾仕利。」

「對對對，最吵的其實是你喔，希利爾。」

出現在走廊角落的，是三位男同學，以及一位壯年男性教師。

黑髮的男同學正「放開我，放開我」地吼個不停，另外三人則壓制著他，似乎是正準備將他帶往某處。

伊莎貝爾以只有莫妮卡聽得見的音量悄悄開口：

「那位黑髮的同學……應該是史提爾伯爵家的奧隆．歐普萊恩大人。我在社交界曾經見過他。」

奧隆算是身材頗高大的男同學，要壓制掙扎的他，就算有三人在場，似乎還是吃了點苦頭。

伊莎貝爾取出扇子，俐落地遮住嘴巴。

「……那位深褐色頭髮的男同學，是戴資維伯爵家的艾利歐特．霍華德大人吧。銀髮那位是誰我不大清楚，但身上既然有學生會的幹部徽章，恐怕也是名家子弟。」

原來如此，確實如伊莎貝爾所言，三位男同學領口都別了一個小小的學生會幹部章。

這麼短短一瞬間就立刻回想起名字，還注意到那小小的徽章，看穿對方身分，這份記憶力與慧眼著實不同凡響。莫妮卡默默地向伊莎貝爾投以讚許的目光。

（我看她，根本就比我還適合執行潛入任務……）

正當莫妮卡思索著這種事的時候，吵鬧不已的四人已經朝這兒移動過來了，伊莎貝爾與莫妮卡趕緊貼往牆壁，讓出走道。

深褐色頭髮的下垂眼男同學——艾利歐特．霍華德朝這兒一瞥，揮揮手致意表示：「不好意思，吵到妳們了。」

這時，被三個人壓制著的黑髮男同學奧隆，突然以布滿血絲的雙眼望向伊莎貝爾與莫妮卡，激動地大吼：

「喂，喂！妳們也幫我講幾句啊！我是被人給騙了啊！我、我、我不記得，記不得了，搞不懂，我想不起來了……啊啊啊啊啊……」

「臭小子！還不適可而止，給我閉嘴！」

銀髮青年的太陽穴青筋暴露，怒吼一聲之後，開始低聲喃喃自語。

聽見這道喃喃自語，莫妮卡突然回神抬頭——那是魔術的詠唱。

（而且，還是短縮詠唱……！）

銀髮青年只花了正常詠唱一半的時間就完成魔術發動準備，並啪嘰一聲彈指。

隨後，正瘋狂掙扎的奧隆兩手就如同被上了手銬一般，在冰塊的包覆下併攏結凍。

銀髮的青年還進一步在掌上製造出一塊小冰塊，塞進奧隆的嘴裡，同時以手掌緊貼奧隆的嘴。

口中被塞進冰塊的奧隆，隨著一陣不成聲的哀號，把眼睛瞪得更大了。

「哼，看你這樣會不會讓腦袋冷靜下來。」

銀髮的青年悻悻地放話，下垂眼艾利歐特則傻眼地望著銀髮青年。

「希利爾，你知道嗎。女同學都管你叫冰之貴公子喔。」

「那什麼玩意兒。」

「王都流行的小說裡頭，好像有類似的登場人物啦。聽說人家無論何時都保持冷靜沉著，迷倒眾生喔。你也試著滿足一下各家大小姐的期待怎麼樣？」

「講什麼鬼話。我本來就隨時都冷靜得很。」

「……」

被喚作希利爾的這位銀髮青年如此回應，令艾利歐特無言地聳了聳肩。

始終旁觀的壯年男性教師，這才開口督促兩人：「快走了。」

艾利歐特老實地答道：「是，松禮老師。」希利爾則望向伊莎貝爾與莫妮卡，表示：「失禮了。」

接著，三人就這樣拖著奧隆離開現場。

當四人的身影完全消失在視野內，伊莎貝爾才小聲地開口：

「……不曉得學生會裡頭出了什麼事呢。」

說起學生會，這所學校的學生會長就是莫妮卡的護衛對象——第二王子菲利克斯·亞克·利迪爾。

要是學生會發生了某種事件，莫妮卡既然身為護衛，理論上就得設法掌握到事件的內容才是。

（嗚嗚，感覺才剛入學，事情就變得不好處理了……）

學生會幹部們散發出的火藥味，令莫妮卡不禁按住胃部輕聲呻吟了起來。

＊＊＊

莫妮卡分配到的閣樓打掃得遠較莫妮卡想像中乾淨。想來該是校長事先打點過了吧。

雖然不大，但這兒也擺了簡易書桌。要在這兒生活，對莫妮卡而言已是過度充分的房間。

莫妮卡打開窗戶換氣後，開啟了行李袋的袋口。

「尼洛，可以出來嘍……尼洛？」

莫妮卡舉起行李袋在床上倒置，便看到尼洛與其他行李一起劈哩啪啦地滾下來。

「喵嗷嗷嗷嗚……嗯？怎麼？已經到了嗎？」

「嗯。你一直在睡嗎？」

「對啊，本大爺只要有那個意思，想睡多久都睡得了，厲害吧。」

隨口「是是是」地回應尼洛之後，莫妮卡拾起了滾落在床上的咖啡壺。

擺在房間的書桌設了幾層小抽屜。最下層的抽屜還附有鑰匙，莫妮卡於是將咖啡壺收進了最下層。

雖身為立於魔術師頂點的七賢人，莫妮卡珍視的物品卻少之又少。

比起當上七賢人的時候被賦予的，用來證明爵位的戒指、長袍，或是黃金法杖，莫妮卡更重視亡父遺留下來的這只咖啡壺。

她想不出任何其他更重要的東西，這是她唯一的寶貝。

莫妮卡替抽屜上鎖，在床上伸懶腰的尼洛則仰頭望起莫妮卡。

「所以，校園生活是怎樣的感覺？」

「呃，明天才要開始上課……」

明天開始，莫妮卡就不再是〈沉默魔女〉莫妮卡．艾瓦雷特，而是要以莫妮卡．諾頓這個身分成為賽蓮蒂亞學園的二年級學生就讀。

回想起自己從前在魔術師養成機構米妮瓦就讀的日子，莫妮卡臉上蒙上了一層陰霾。

對於極度內向怕生的莫妮卡而言，校園這種集團生活場所就只會帶給她痛苦與更多的痛苦。在米妮瓦生活的時候，後期也幾乎都成天窩在研究室裡頭。

「……嗚嗚，光是想像起來，胃就好痛喔……」

莫妮卡之所以來到這個校園，是為了暗中執行第二王子的護衛任務。

但對她而言，要度過不引人注目的校園生活，這個前提的難度遠比執行任務還高。

「也罷，妳就別想那麼多有的沒的，放輕鬆上學就得了吧。校園生活不是應該很開心嗎。」

「……那是因為，尼洛你不曉得校園生活的恐怖之處……」

「要是快穿幫了，再用妳的魔術處理處理不就得了嗎。妳看嘛，妳不是超厲害的魔術師嗎，像這樣……操縱發現妳真面目的傢伙，或修改對方的記憶，對妳來說小事一樁吧。」

對於人類社會文化沒有太深入了解的尼洛講得一派輕鬆。

但莫妮卡卻一臉沉痛地搖搖頭。

「我跟你說，操縱別人或竄改記憶什麼的，這類精神干涉系的魔術全部都被視為準禁術……要是未經許可就對某人使用，我就會被剝奪魔術師資格了……」

精神干涉系魔術只限定在特定狀況下，好比要讓重罪人自白時才會獲准使用。

不過單是研究並不構成違規，因此關於精神干涉系的魔術相關書籍，莫妮卡也是有讀過的。

所以要是真有那個意思，莫妮卡的確是辦得到尼洛的提議，但她一點都不想這麼做。

「精神干涉系的魔術呢，在運用上是相當困難的。有可能留下後遺症或記憶障礙，或令對象陷入精神錯亂……最糟的狀況，似乎有可能讓對象再也醒不過來。」

「這什麼鬼魔術，太恐怖了吧。」

「嗯，所以說，不可以隨隨便便亂用。」

莫妮卡無意間想起今天與自己擦身而過的男同學——奧隆．歐普萊恩。

號稱自己不記得，搞不懂狀況，陷入錯亂狀態的他，剛好就很類似接受過精神干涉魔術的人會產生的症狀。

（……該不會，吧。）

莫妮卡搖搖頭，開始為明天做準備，尼洛望著她，鬍鬚一抖一抖地開口：

「當人類可真～麻煩。」

「就是說呀，我也好想當隻貓喔……」

莫妮卡苦笑著回應，尼洛聞言，瞇起那雙金色的貓眼，仰頭緊緊望向莫妮卡。

「貓的世界可是比龍更弱肉強食呢。我敢斷言，妳要是真成了貓，三兩下就會被烏鴉給啄死。」

「……啊嗚……」

她竟無言以對。

莫妮卡至今為止，都從未積極地試圖記下他人的長相。因為想要在山間小屋生活，只要能記住最低限度的幾位熟人就夠了。

不過，這樣導致的事態，就是她連護衛對象第二王子的長相都不曉得。

更遑論，既然今後要在護衛第二王子的同時度過校園生活，就必須將自己周遭，甚至第二王子周遭的人都記清楚。

因此，自從來到賽蓮蒂亞學園，莫妮卡開始久違地努力熟記他人的長相。

只要有那個意思，想記住他人的長相並非什麼難事。莫妮卡就算不依靠測量相關器具，也能夠單憑目測就掌握目標物某種程度的長度或角度，算是她小小的特技。

所以，只要把五官區分為零件，量出長寬與角度，再把數字記下來就行了。

「啊——莫妮卡．諾頓同學。這位松禮老師就是妳的級任老師喔。」

入學第一天，校長在辦公室介紹給莫妮卡的，是一位正梳齊自己略為泛白的黑髮，約四十歲前後的男性教師。教師有著細瘦的下顎與略顯神經質的五官，臉上還戴著圓形眼鏡。

這張臉——說得正確點，這個下巴的角度與雙眼寬度等數字，莫妮卡還記得。

（這個人，是昨天，跟學生會那些人在一起的老師……）

松禮本人倒似乎對莫妮卡沒有印象，並沒有特地言及昨天的事情。

「我叫維克托．松禮。負責的科目是基礎魔術學。」
「松禮老師是那間米妮瓦出身的。他有上級魔術師的執照喔。而且啊，還曾經發明過新魔術式，接受魔術師工會的表揚……」
校長驕傲得有如自己的成就一般，不斷道出松禮的輝煌經歷。
魔術師養成機構中的最高峰機構米妮瓦出身，再加上持有上級魔術師執照，著實堪稱菁英中的菁英。
有這樣的菁英魔術師在校任教，校長想必也與有榮焉吧。畢竟就貴族而言，魔術算是必修科目之一。
「不僅如此，松禮老師他從五年前開始就擔任學生會的顧問。能夠在這間賽蓮蒂亞學園擔任學生會顧問，那是多麼榮譽的一件……」
「校長，時間差不多了。」
松禮望著自己左手的懷表插嘴。
笑著賠不是的校長，扔下一句「不好意思呀～」便轉身朝自己的座位走去。
松禮神經質地扶正自己的眼鏡後，以有如估價般的目光打量起莫妮卡。
「話說回來，我好像，還沒有從妳的口中聽見自我介紹吧？」
「啊……那個……」
眼見莫妮卡低著頭忸忸怩怩地搓指頭，松禮朝莫妮卡狠狠瞪了一眼。
「姿勢！」
「噫，噫噫！」

一陣高聲叱咤，莫妮卡當場身體為之一顫，猛力抬頭。

即使如此，她仍怕得不敢直視松禮，視線始終游移不定。松禮見狀，動作誇張地大嘆了一口氣。

「這間賽蓮蒂亞學園是立於王國頂點的名門校。學生也被要求具備配得上這等地位的完美品行與教養，懂嗎。」

松禮的言外之音，是莫妮卡的品性與教養不足。

事實上，莫妮卡在就任七賢人之前都是庶民，的確沒有貴族應有的教養。

「就連問候都沒法好好問候嗎？」

「非、非常，對不……」

「真教人嘆氣。」

一口打斷莫妮卡結結巴巴的謝罪，松禮大步朝她的前方走去。

「準備往教室動身。跟我來。」

「是、是……」

「姿勢！」

遭到高聲斥責的莫妮卡哭喪著臉擺好端正姿勢，起步跟在松禮的後頭。

平時總愛穿那身長年穿慣的長袍，不過莫妮卡今天穿的是賽蓮蒂亞學園以白色為基礎色調的連身裙，外頭再套件波麗洛上衣，還戴著白色手套。

在魔術師養成機構米妮瓦，貴族子弟們也會主動戴著自備的愛用手套，不過在賽蓮蒂亞學園，手套是制服的一部分。

一股莫名靜不下心的感覺，讓莫妮卡戴著手套的手不斷開開合合。手套下的手掌，已經滿是緊張的手汗。

總算，抵達教室之後，松禮讓莫妮卡站在講台前。

「全班注意。這邊是插班生莫妮卡．諾頓同學。」

班上同學的視線都集中在自己身上。光是這樣就讓莫妮卡暈眩了起來。

心情已經跟站上審問台的罪人沒兩樣。

「快問好。」

在松禮督促之下，莫妮卡的喉嚨開始抽筋了。

光成為眾人焦點就已經快招架不住，哪還有可能開口問好！

（得說點，什麼才行……）

像這種時候，只要報出自己的名字，添上一句「請多指教」再鞠躬就行了，路易斯是這麼說的。

但，就連這麼單純的幾個動作，對莫妮卡而言都是難如登天的試煉。

莫妮卡努力開口打算問好，結果卻只是讓嘴巴開合不停，什麼聲音都發不出來。

松禮露骨地大嘆一口氣。那陣絲毫不隱瞞失望的嘆息，深深地刺傷了莫妮卡的心。

「夠了，去坐下。妳的座位在靠走廊的最後一排。」

莫妮卡就連回話都回不了，舉著發抖的腳步走向自己的座位。

爾後雖開始授課，內容卻一丁點都進不了莫妮卡的腦中。

＊＊＊

「嗳，妳啊。」

才剛到下課時間，依然靜靜待在椅子上的莫妮卡立刻聽見身邊傳來一道叫喚聲。

該不會是在跟自己說話吧？可是要是搞錯了怎麼辦？莫妮卡左右為難，遲遲抬不了頭，這時換肩膀被人拍了幾下。

「嗳，我在跟妳說話耶，插班生同學。」

莫妮卡嚇得肩膀一縮，動作僵硬地抬頭。

低頭望著莫妮卡的是一位亞麻色頭髮的少女。她有著偏白的膚色與一對大眼睛，氣質感覺起來有點好強。髮型編得相當縝密，耳垂上雕工精細的耳環晃個不停。

「我叫拉娜．可雷特。」

這位自稱拉娜的少女，正雙手叉腰，從頭頂到鞋尖以眼神仔細打量著莫妮卡。

「嗳，妳為什麼要綁成麻花辮呀？這間學校沒半個人會留那種土包子髮型了。」

正如拉娜所說，莫妮卡的淺褐色長髮綁成了兩條比較粗糙的下垂麻花辮。

雖然路易斯有教過她幾種比較有貴族千金風格的髮型，但梳理方式都太複雜，她沒辦法記清楚。

換作有帶侍女進宿舍的千金大小姐們，只要讓侍女們打點就行了，但侍女什麼的莫妮卡當然是沒有。

「我、我不曉得……其他種髮型……要怎麼梳，所以……」

賽蓮蒂亞學園 2年級
拉娜・可雷特

這段發言，讓來自周圍的視線變成了「我就知道」的眼神。
莫妮卡這段話，透露了自己沒有侍女這件事。
而沒帶侍女進宿舍的人，大致上在背後都有隱情。
「我問妳，妳哪邊長大的？」
拉娜的問題令莫妮卡頓時語塞。
莫妮卡無論出生地或成長地都是距王都較近的城鎮，但現在她必須冒充成柯貝可伯爵家的相關人士。
「……我、我是，蓮納可出身，的。」
莫妮卡回答了一個伯爵領地的城鎮，拉娜馬上「哇～！」一聲睜大了雙眼。
「是國境邊的大城鎮耶！那邊都會進一些來自鄰國的珍奇布料對不對？嗳，蓮納可現在流行怎樣的圖樣啊？禮服有什麼造型？都用哪種披巾？」
拉娜連珠炮般的提問，終於將莫妮卡逼入了絕境。
歸根究柢，莫妮卡根本不是蓮納可出身的，且就算她真的在那兒生活，八成也對時下的流行一問三不知。
「我、我對，這種的，不太、不太清楚……真的很抱歉。」
莫妮卡結結巴巴地道歉，拉娜聞言嘟起嘴巴，皺著眉頭繼續開口：
「嗳，妳為什麼不化妝啊？最低限度至少該上白粉跟口紅才體面吧？妳看妳看，這種顏色的口紅。這是王都化妝品店的最新作喔。」
接著，拉娜陸續指出各種莫妮卡在服裝儀容方面的不是。

好比手套要選邊緣有刺繡的才可愛啦，或是連一件飾品都沒有太教人難以置信啦，或者鞋子的造型也太落伍了之類的。

而莫妮卡只能不斷以發抖的嗓音回應「我對這些不太懂」、「真的很抱歉」等等。

畢竟，拉娜講的東西她真的完全一頭霧水。

拉娜的髮型既別緻，上頭又插著漂亮的飾品。頸子上也掛了迷人的項鍊，結在領口的緞帶更是施加了華麗的刺繡。

即使跟莫妮卡一樣身穿制服，給人的印象卻截然不同。

莫妮卡正不知所措時，周圍的女同學們開始以扇子遮口說些悄悄話。

「噯，那個暴發戶男爵家的大小姐，又在找鄉巴佬炫耀她那身暴發戶打扮了。」

「因為都沒人要理她，才會專門糾纏這種土包子吧。」

「就算家裡爵位是用錢買來的，也犯不著這麼拚嘛～」

雖說是悄悄話，音量也足以傳進莫妮卡耳裡了。當然，拉娜也聽得一清二楚。

拉娜纖細的眉毛不停抽搐，不一會兒，她伸手撥了撥亞麻色的秀髮，用鼻子「哼」了一聲。

「算了。和妳講話真無聊，再多說下去也沒意思。」

「……對不起。」

無聊一詞，對莫妮卡而言是一個已經聽慣的評語。

對於和自己相處很無聊這件事，莫妮卡已經自覺到不想再自覺。

沒辦法和大家用同樣的話題聊開，對於時下的流行既沒涉獵也沒頭緒。感興趣的東西就只有數字與魔術。

所以莫妮卡就只能成天低下頭，自己一個人靜靜地呆著，避免和任何人對上視線。

現在她也是這樣低著頭，像個石子般一動也不動。但就在這時，拉娜卻突然伸手揪住了莫妮卡的麻花辮。

驚恐的莫妮卡「噫」地倒抽一口涼氣，拉娜隨即語調尖銳地要她「乖乖別動」。

拉娜解開了莫妮卡的麻花辮開始重編。現場沒有鏡子，所以莫妮卡無從得知自己的頭髮現在變成了什麼模樣。

綁上一段時間，拉娜總算隨著一句「這樣就行了」滿意地點頭。

「妳看，這點程度很簡單吧！以後自己學著綁啦！」

說著說著，拉娜粗魯地朝自己座位大步走去。

莫妮卡戰戰兢兢地伸手摸了摸自己的頭髮。指尖觸碰到的，是隨著頭髮搖曳不停的柔軟蝴蝶結。

＊＊＊

賽蓮蒂亞學園的午餐時段，有大半校內人士都會在校舍內的餐廳用餐。

學園的餐廳內一流廚師一應俱全，就連侍應都少不了。每鍋料理還有專人簡單地試毒，所以可以安心用餐。

不過，也有少部分經濟優渥的學生，會連自家廚師及侍應都帶進宿舍，讓他們在宿舍餐廳調理餐點，自己則等在房間內用餐。莫妮卡負責護衛的第二王子似乎也歸於此類。

（所以說，就算我不到餐廳去，也沒關係，吧……）

給自己找好了理由的莫妮卡，到了午休時間，便悄悄地溜出教室。

莫妮卡的同班同學每個都自然而然地順著人潮流向餐廳，就只有莫妮卡逆流而去，往校舍外移動。

莫妮卡的口袋裡，裝了一大把的樹果。她打算找個人少的地方拿這些當午餐。

莫妮卡從以前就很擅長找人煙稀少的地點。還在米妮瓦就讀時，她也是成天躲到自己的祕密基地讀魔術或數學相關書籍。

今天外頭天氣好，風又不強，莫妮卡於是決定小小散步一下。

賽蓮蒂亞學園占地甚廣，庭園也整頓得優美宜人。現在夏季花期剛結束，正是秋薔薇花蕾開始膨脹的時期。

一般而言，貴族就讀的學校大多將入學時期定在秋季，庶民學校則會設定在春季。

這是因為春末夏初的社交季正是貴族繁忙的季節，秋天則是庶民們要處理農作物的收穫作業。故兩者都會避免在繁忙時期開學。

莫妮卡雖是庶民出身，卻並未在市井小民就讀的學校上學。

這是因為她父親相當博學多聞，學問基本上都由父親直接教授，父親過世後也在幾經波折之下被相當於父親弟子的人物給收養，送入魔術師養成機構米妮瓦就讀。

正因如此，莫妮卡完全不習慣團體生活。在米妮瓦就讀時，也沒有稱得上朋友的朋友。

……不，其實有過一個，但最後與那朋友訣別了。

即使如此，莫妮卡也畢竟身懷優異魔術才能，所以在米妮瓦就讀時，成天窩在研究室裡頭還是被允許的。然而在賽蓮蒂亞學園，她這份才能可說是無用武之地。

賽蓮蒂亞學園雖然也準備了選修制的魔術相關學科，但要是莫妮卡真在課堂上演練她的魔術，事情恐怕會一發不可收拾吧。

極度怕生，不敢在外人面前開口的莫妮卡，想用魔術只有無詠唱一途。

而一旦在這裡施展無詠唱魔術，身為〈沉默魔女〉的事實就會直接曝光。

莫妮卡嘆了一口氣，摸起綁在頭髮上的蝴蝶結。

（我就連……一句謝謝，都沒有說。）

無論何時，想說的話總是擠在莫妮卡的喉嚨，遲遲無法成聲，最後又吞下去。

（就連跟同班同學都沒法好好說話，該怎麼接近王子殿下才好啊。）

為了進行護衛，自己非得接近第二王子才行，但第二王子是三年級，莫妮卡是二年級。兩人從年級就已經不同了。

（……目的如果在於護衛王子，路易斯先生在送我入學時，應該會處理成跟王子同樣年級才對呀……不，追根究柢，如果想讓護衛工作更確實，應該直接送男生入學，才對。畢竟男生宿舍跟女生宿舍就隔了段距離呀。）

路易斯．米萊雖然性格惡劣到絲毫不為他人著想，卻相當能幹。

而這起護衛任務絕不容許失敗一事，路易斯自己應該也很清楚。

但針對「護衛王子」這點而言，這份計畫也未免過於漏洞百出。說到底，把極度怕生的莫妮卡送進校園本身就過於有勇無謀。

（路易斯先生，該不會有什麼別的考量……）

思索著這種事情的莫妮卡，在橫越庭園的時候，無意間瞧見了校舍深處的一面大柵欄。

柵欄後方的土地應該也算在學園的區域內，但柵欄的鐵門卻緊閉，讓人無法繼續深入。

門上掛有「舊庭園，現正整頓中」的看板，不過仔細一瞧，門並沒有上鎖。
（……這邊的話，應該不會有人靠近。）
莫妮卡確認四下無人之後，快步走進了舊庭園。這類遭封鎖的空間，都是絕佳的藏身之處。
雖然掛著整頓中的看板，裡頭的植物卻沒有想像中那麼凌亂。
只是，裡頭幾乎找不到任何花朵。看來花已經全部移到外頭的花園了。這裡還盛開的頂多只剩秋季常見的野花草。
（不過，這裡好安靜，真是個好地方……）
感覺是個可以安心的場所。
莫妮卡稍微湧現了些雀躍感，開始尋找適合坐下的地方。
但，她雀躍的腳步，就在剛經過一個種滿杜鵑花木的轉角時停了下來。
舊庭園深處，一位金髮青年正坐在古老噴水池邊閱讀某種刊物。約略低著頭的姿勢，教人看不太清楚長相，但身上穿著制服，應該是這間學校的學生吧。
說實話，莫妮卡因此大失所望。明明這裡應該會是個不錯的祕密基地，卻好像已經給人搶先了。
（……再去找別的地方吧。）
莫妮卡垂頭喪氣地打算轉身離去，背後卻傳來踩過草地的卡沙卡沙腳步聲。
她才剛在內心「咦」了一聲，背後便伸來一隻手揪住她的手腕。
「噫……！」
「逮到妳了！沒想到真的這麼老實地上鉤！」
怕得倒抽一口氣的莫妮卡，耳裡傳進了從背後拘束她的某人發出的尖銳嗓音。

莫妮卡扭著頸子回頭，隨即與低頭瞪著她的深褐髮青年視線交會。

稍微有點成熟感的五官，加上一對下垂眼。莫妮卡對於這張臉——正確說來是對於那對下垂眼的角度有印象。那是昨天在走廊上喧嘩的其中一位學生會幹部。

（記得伊莎貝爾大人說是……呃——戴資維伯爵家的，艾利歐特・霍華德大人。）

艾利歐特揪著莫妮卡手腕的力道，以惡作劇而言是有點過於強勁了。

不僅如此，還絲毫不隱瞞對莫妮卡所發出的敵意。

艾利歐特的手伸向了莫妮卡制服的口袋。從衣服外也摸得出裡頭裝了東西，艾利歐特不禁皺起眉頭。

「口袋裡有藏東西。是武器嗎？」

「不、不是，這個，是我的，午餐……」

莫妮卡卯足全力的辯解，只遭到艾利歐特嗤之以鼻。

「這所學校不可能有人會把午餐裝進口袋裡吧。」

「啊嗚……」

確實，想在貴族子女就讀的賽蓮蒂亞學園找到自己帶樹果當午餐的人，可說是與天方夜譚無異吧。

艾利歐特露出得意的笑容，低頭望向語塞的莫妮卡。

「最重要的是，除非是新來的，否則我幾乎記得這間學校所有同學的長相。從制服領巾的顏色看來，妳穿的是二年級制服吧。但是，妳這張臉我卻沒看過。把妳當作穿制服的入侵者想來不會有錯吧？……來，從實招來。是誰派妳來的。」

莫妮卡昨天才與艾利歐特擦身而過，但時間畢竟太短，莫妮卡又低著頭，所以艾利歐特當時沒怎麼看到莫妮卡的長相吧。

被充滿敵意的嗓音給嚇怕，莫妮卡就像隻小動物般抖個不停。

（討厭討厭討厭討厭討厭，好可怕好可怕好可怕好可怕！）

陷入慌亂的莫妮卡，情急之下透過無詠唱魔術颳起一陣風。殺傷能力等同於零，就只是一陣會吹動腳的強風。

即使如此，強風颳起的土似乎也直接命中了艾利歐特的眼睛，令他反射性地放開抓著莫妮卡的手揉眼。

（得、得趁現在，快逃……）

莫妮卡不顧一切地逃離艾利歐特的拘束，猛力起步跑離現場……至少，她是這麼打算的。只可惜她那爛到絕望的運動細胞，讓她在轉向的瞬間，就扭到了腳踝，當場跌倒在地。

「噫噗喵！」

莫妮卡發出傻呼呼的叫聲跌了個倒栽蔥，口袋裡的樹果也嘩啦嘩啦灑落一地。

「哇、哇、哇……」

狼狽的莫妮卡正打算起身，手臂就遭到某人揪住。她膽怯地回過頭，便與艾利歐特的下垂眼四目相交。

「別——想——逃——」

「不、不要啊啊啊啊！」

就在莫妮卡開始嚎啕大哭的同時，坐在噴水池邊觀察這一連串對話的金髮青年開口了。

「艾利歐特，放開那位女孩吧。」

「啥？為什麼啊。會跑到這種地方來的，肯定不是我們學校的學生吧。她絕對是奧隆派來的刺客……」

艾利歐特話還沒講完，金髮青年就在嘴巴前比出了食指。

艾利歐特見狀，才尷尬地闔上嘴，放開莫妮卡的手臂。

沒等莫妮卡反應過來，青年便屈膝蹲下，開始幫她一一拾起掉落地面的樹果。

定神一看，這位青年的五官相當端正。那雙帶有長睫毛的碧綠色雙眸，呈現出有如在明亮水藍色瞳孔中點綴一滴綠色水彩般的色澤。

「我聽說今年有二年級的插班生入學。該不會就是妳吧？名字是什麼來著……對了。莫妮卡・諾頓小姐？」

莫妮卡吸著鼻子點頭，金髮青年便轉頭望向艾利歐特，同時還不忘繼續拾樹果。

「看吧，她不是什麼刺客，只是碰巧迷路到這兒的小松鼠。」

青年牽起莫妮卡的手，把撿回來的樹果擺在她的掌心。

「不好意思啊，打攪妳用餐了。」

看到青年還特地蹲在地上幫自己撿回樹果，莫妮卡很想向他道謝。可是，她卻緊張得沒法自然出聲。

（得趕快開口，向人家鄭重道謝才行……）

莫妮卡張大嘴巴，嘴唇抖個不停，正努力打算出聲，青年卻好似驚覺到什麼事情，抬頭把莫妮卡抱進懷裡。

「危險！」

「……咦？」

莫妮卡朝青年目光所指的方向看去，才發現有某種東西正從頭上往自己砸下來。再這樣下去，肯定會砸到莫妮卡或青年。

莫妮卡一時情急，再度發動無詠唱魔術，颳起強風。

在強風吹拂之下，墜落中的物品偏離原本的軌道，砸在與兩人隔了點距離的地面上。

發出鏗鏘一聲巨響，在地面粉碎的墜落物，原來是一只花盆。從頭頂朝自己墜落的花盆。

要是砸中的地方有個閃失，只怕不是受重傷就能了事。

「幸虧碰巧颳起風，得救了……妳還好嗎？」

青年抱住莫妮卡，憂心地開口關切，但莫妮卡已經無暇顧及這些。

先是被人當作可疑人士抓住，花盆再從頭上砸下來，緊接著又被初次見面的人抱在懷裡。

意料之外的事態接二連三發生，莫妮卡的腦袋運轉完全跟不上，已經繃緊至極限的緊張弦絲就這麼噗滋一聲斷線。

「……啊噫～」

翻白眼的莫妮卡瞬間癱軟倒向地面，金髮青年慌忙地抱緊了她。

＊＊＊

一道巨大的黑影，正聳立莫妮卡的前方。

就好像被蠟燭的火光所照出的黑影一般，不停地晃動。

仰頭望著左右搖晃不停的黑影，莫妮卡無精打采地想道：

（唉～真討厭。叔叔今天又喝酒了。）

黑影開始望向莫妮卡，張嘴哇哇地喚個不停。

像這種時候絕對不能多嘴。所以莫妮卡緊閉雙唇低下頭，開始在腦中思考沙姆叔叔的小豬。

一隻小豬，一隻、兩隻、三隻、五隻、八隻、十三隻、二十一隻……

（發現相鄰的項目會形成不具備一以外公因數的互質狀態時真的好開心喔……要是告訴爸爸，他一定會誇獎我竟然能發現這件事……）

消沉地想著這些事的時候，黑影拿握在手中的酒瓶，朝莫妮卡揮了下去。

鏗鏘！一陣巨聲響起。

飛散四周的碎片是酒瓶嗎？不，不對，這些是……

……花盆的碎片。

「哈哇！」

隨著一句怪聲，莫妮卡上身飛也似地仰起，伸手按住自己怦通怦通吵個不停的心臟。

感覺自己好像做了某種可怕的夢。腦袋瓜深處隱隱作痛。

正當她緩緩吐氣試圖調勻呼吸，身旁便傳來一道嗓音：

「……妳還好嗎？」

莫妮卡動作僵硬地轉頭，發現有一位生面孔女同學，正一臉憂心地凝視著自己。

那是一位頂著榛果色頭髮，給人感覺很乖巧的嬌小少女。

「妳，是？」

聽到怕生的莫妮卡結巴地提問，少女露出淡淡的微笑。

「瑟露瑪．卡許。我是妳班上的保健股長。聽說妳暈倒被送到醫務室，所以來看看妳。」

原來如此，自己被安頓的地方似乎是醫務室的病床。想必，是那位金髮青年把自己送來的吧。

（那些人，是怎麼回事呀……）

自己明明只是想找個地方吃午餐，卻不知為何被誤認為入侵者，還出現花盆從頭頂砸下來……感覺短短一段午休時間，就已經經歷了不小的事件。

能以無詠唱魔術迴避花盆純屬偶然。要是再晚一點注意到，就算無詠唱也趕不及。

一回想起那時的恐懼，就開始渾身顫抖。這時，瑟露瑪伸出她雪白的手，輕輕為莫妮卡整理好亂掉的瀏海。

纖細雪白的手指，再加上淡紅色的指甲。這雙不帶一絲傷痕，晶瑩剔透的手，正是不知勞碌為何物的淑女之手。與莫妮卡滿是筆繭的手掌有著天壤之別。

「今天沒有課了，妳可以回宿舍去嘍。妳已經醒來的消息，我會幫妳通知松禮老師一聲的。」

語畢，瑟露瑪靜靜地離開了醫務室。

窗外的天空已經染上黃昏的赤紅。看來，自己睡了滿長的一段時間。

莫妮卡爬下病床，低著頭有氣無力地朝宿舍走去。

久違地接觸大批人群，害她身心都疲憊至極限。腳步沉重得有如套著鉛製枷鎖。

準備吃晚餐的女同學們，正在女生宿舍四處開心談笑。

莫妮卡依然低著頭，避免和這些少女們視線相交，邁步朝最高樓層移動。

像這樣避開他人目光，沿著角落悄悄移動的走法，在校內也好，在鎮上也好，向來就是她一貫的作風。現在如此，從前如此。莫妮卡不論何時，都是無法順利融入人群的異分子。

總算到達最高樓層的製物室，莫妮卡接著爬上深處的梯子，推開閣樓的地板。

太陽大概是在她一路漫步時下山了。閣樓已經昏暗到沒法看清手邊。

莫妮卡以無詠唱魔術點亮燭台的蠟燭。

眾人都以「奇跡」讚賞她的無詠唱魔術，但對她而言，要度過普通的校園生活遠較這些魔術來得困難。

莫妮卡解下拉娜幫她綁的緞帶擺在桌上。然後攤開手帕，擺上始終裝在口袋裡的樹果。

——叩叩。

窗口傳來了敲打聲。

轉頭望去，可以依稀看見融入黑夜的黑貓輪廓。

莫妮卡轉動窗口的鎖，尼洛隨即靈活地用前腳自行開窗。

「你回來了，尼洛。」

「對啊，我回來了。本大爺打聽了不少情報！還不誇獎我！」

「……嗯，謝謝你。」

「儘管吃驚吧，第二王子讀三年級，而且還是學生會長。」

雖然是早就知道的情報，但要否定尼洛辛苦收集情報的努力也有點於心不忍，莫妮卡只得默默地聽尼洛繼續回報：

「換句話說，只要妳能當上學生會幹部，就能夠自然地接近王子了！本大爺夠聰明吧！」

尼洛的意見確實談到重點。

第二王子的年級與莫妮卡不同，想正常接近王子恐怕很有難度。而若同樣是學生會幹部，就能自然地接近了……只是——

「……不可能啦～～」

想當上學生會幹部，成績優秀是絕對必要條件。此外還得具備與學生會幹部的相關人脈等等。

莫妮卡一頭栽進床上哭訴著喪氣話，尼洛則以金色的貓眼望向她。

「可是啊～莫妮卡。妳是七賢人吧？是天才沒錯吧？那，只要下次考試拿到超棒的成績，肯定能當上學生會幹部……」

莫妮卡無言地搖頭，拿出教科書一一擺上床面。

與歷史及語學相關的教科書數量壓倒地多。既然這間校園要傳授的是貴族子弟追求的知識，有此結果也是理所當然吧。

然而，莫妮卡專攻的是魔術相關的全盤知識。

魔術史、基礎魔術、魔法生物學、魔導工學，以及與魔術有關的法律她都很熟悉，可上述知識及算術以外的學科，她清一色都不到常人的平均標準。

與魔術相關的知識能夠默背，五爵的順序卻一竅不通，她的記憶力就是這麼挑食。

「妳不是上過那間叫米妮瓦的學校嗎？在那邊沒有讀過語學嗎？」

「……我、我在米妮瓦專攻的……是古代魔法文學，跟精靈語……」

兩者當然都不是貴族子弟追求的知識。真要說的話，連一般市井小民都一輩子跟這些東西無緣。

莫妮卡將尼洛抱到胸口，低頭哭訴了起來：

「……怎麼辦，怎麼辦，怎麼辦……」
現在根本無暇煩惱第二王子的護衛任務。光是要設法不在這間學校被當，就已經快吃不消了。
不，說到底，問題還遠在這些狀況之前……
「……今天，有好多、好多人，都對我好親切。」
莫妮卡瞥向擺在桌上的緞帶與樹果。
拉娜雖然態度高傲，卻是那個班上第一位主動找莫妮卡交談的人物。
在舊庭園邂逅的青年，幫莫妮卡拾起了滿地的樹果。
伊莎貝爾在各方面都給了不少幫忙，保健股長瑟露瑪也到醫務室關切了自己的狀況。
「我其實，很想好好地，開口向大家說聲，謝謝的……」
莫妮卡消沉地垂下頭，尼洛則抬頭望向莫妮卡。
「妳啊，對本大爺明明就能很自然地說出『謝謝』不是嗎。剛才就有說啦。本大爺都聽見嘍。」
「那是因為，尼洛不是人類，的關係……」
尼洛擺出有如人類一般的複雜表情，接著彷彿想到什麼似的，甩著尾巴跳離莫妮卡的膝蓋。
「好好好，既然如此，本大爺就來幫妳練習克服這種怕生的個性吧。」
「尼洛？難、難道，你……」
「就是那個難道。」
尼洛輕快地跳上椅子，尾巴大力一擺。
他的身形隨即扭曲，從黑貓變成一團黑影。接著黑影開始膨脹，形成人類的輪廓。
大約經過眨兩次眼的時間，這次影子開始出現色彩。就好似將墨水洗掉似的，影子下開始出現感覺很健康的膚色。

「來，這樣如何。」

椅子上已不見黑貓，只坐著一位黑髮金瞳的二十五來歲青年。身上穿的是略帶古早風格的長袍。

他當然並不是人，只是化作人類外型的尼洛。

莫妮卡知道尼洛能變成人，也看過好幾次這個模樣的尼洛。

即使如此，有一位成年男性出現在眼前的現實，仍令她的身體不由自主僵硬起來。

「噫、不……要，啊……」

莫妮卡總是望向地面的雙眼睜大到極限，細瘦的身子嘎噠嘎噠顫抖不停。

在床上縮成一團的莫妮卡雙手抱頭，就好像要保護自己一般。

「不要……那個模樣，我不要……尼洛，拜託你……變回貓……」

眼見莫妮卡隨時可能嚎啕大哭，尼洛嘟起了嘴。這動作在他成年男性的外表顯得格外幼稚。

「才～不～要～妳跟那什麼路路路‧潤塔塔不是也能好好說話嗎！」

看來尼洛並沒打算好好記下路易斯‧米萊的名字。

莫妮卡總之就在訂正路易斯名字的同時提出自己的主張。

「那是因為！不好好回話路易斯先生就會擰我耳朵！」

「唔哇……真假啊，那男的。太差勁了吧。也罷，我不會擰妳啦！怎麼樣，很溫柔吧！」

這充其量只算是普通，是路易斯作法太火爆而已。

但尼洛卻得意地「哼哼」一聲逼近莫妮卡。

「來～快感謝本大爺～崇拜本大爺～向本大爺說謝謝～」

面對迎面逼近而來的尼洛，莫妮卡不斷向後仰，嘴巴開闔不停。

「噫、噫～～……謝……唔……啊啊……謝……唔唔唔……啊、啊……」

好不容易擠出「謝」字，還沒能完整道出「謝謝」兩字，莫妮卡的嘴巴就不聽使喚地發出意義不明的呻吟，接著就只是反覆不斷地猛喘氣。看在旁人眼裡，只像個身體不適的人。

尼洛就像個鬧彆扭的小孩，賭氣別過頭去。

「喔～～這樣啊～～莫妮卡一點都不感謝潛入校園調查的我啊。啊～～本大爺打擊超大～～我～受～傷～啦～」

「不、不是，對不……」

「比起對不起，我更想聽到謝謝啦。來啊，好好誇獎妳的使魔啊，主人。」

說著說著，尼洛沒教養地在椅子上甩著腳。

莫妮卡用力閉上雙眼，在膝蓋上緊緊握拳，從喉嚨擠出聲音開口：

「平、平時，總是謝謝你了，尼洛！」

「喔，不賴嘛，就是要像這樣。好，那接著是尼洛大人最棒～！」

「尼洛大人最棒！」

「尼洛大人好迷人～！」

「尼洛大人好迷人！」

看到莫妮卡眼珠子轉個不停一直複誦，尼洛不由得搔起了臉頰。

「……怎麼感覺本大爺變成在洗腦善良人士的壞人啊。」

「尼洛好過分……」

「說什麼喵！本大爺還不都是為了妳才…………嗯？」

尼洛金色的瞳孔靈活地轉了轉，朝窗外望去，接著開窗朝外面探出身子。

莫妮卡慌忙拉住尼洛的衣服下襬。

「尼、尼洛！太、太危險了，會摔下去啦……」

「喂，莫妮卡，快看。男生宿舍庭院有個可疑的傢伙。」

「…………咦？」

莫妮卡試著從尼洛身旁往窗外一探，但要在月黑風高的夜裡辨識遠處目標，果然還是太強人所難。

莫妮卡無詠唱地使用了遠視與暗視魔術。這些魔術並非透視，一旦隔了障礙物就派不上用場。因此莫妮卡還是從窗口探出了身子。

（……尼洛說得沒錯……男生宿舍庭院裡，有人……）

對方身穿附有兜帽的披風，看不見長相。只是，從兜帽縫隙中可以看見飄動不停的金髮。

這時，一陣強風颳起，吹掉了兜帽。

從莫妮卡的位置只看得見後腦。莫妮卡立刻將那名人物後腦的長寬比烙印在心底。

對方停下腳步，重新戴好兜帽時，強風再度吹起，披風下的衣物短暫地曝光。

披風下穿著的是英挺的夫拉克大衣。

莫妮卡還在目測該名人物的軀體與雙腿長度，對方就起步衝過男生宿舍庭院，消失在建築物的轉角。

尼洛皺起眉頭，瞇著眼睛說道：

「看不到人了。不能用妳的魔術想想辦法嗎～？」

「……對方跑到建築物後方去了，沒法更深入追蹤……只是……」

莫妮卡伸出手指按上額頭，閉上雙眼。

現在，莫妮卡的腦中，正有數字以眼花撩亂的速度飛快地交錯。

那些數字，向莫妮卡傳達了一件事實。

「……我必須，去和那個人……碰面。」

第五章　沉默魔女，滔滔不絕地討論黃金比例

莫妮卡在大約五歲的時候，曾向父親撒嬌表示想要某個東西。

某個東西——那就是，捲尺。

莫妮卡比同年代的孩子更早學會數字與四則運算，在這個時期已經向身為學者的父親學會了面積與體積的求法。

所以，為了求出周遭物品的面積與體積，她撒嬌想要一把捲尺。

父親碰巧在場的友人對於莫妮卡討東西的撒嬌相當吃驚，莫妮卡的父親則在聽完她想要捲尺的理由之後，露出祥和的微笑，並一如莫妮卡所願地，送了一把捲尺給她。

得到夢寐以求的捲尺後，莫妮卡可謂沉溺於其中，把家裡從上到下所有家具，甚至連自己跟父親的手腳尺寸都量過了一遍。

——世界充滿了數字。就連人的身體也不例外。人體就是由龐大的數字所構成的喔。

那是小時候，父親常對莫妮卡所說的話。

每當用捲尺測量周遭物品的尺寸，計算面積與體積時，就會切身體會到父親所說的——這個世界是由數字所構成。

對於年幼的莫妮卡來說，那是一件令她高興得不能自己的事。

＊＊＊

（……那把捲尺，記得我直到刻度磨損得再也看不見之前，每天都帶著四處跑吧。）

睡夢裡憶起童年時光，淺眠中翻了個身的莫妮卡，隨著窗口照來的刺眼陽光皺皺眉頭，動作遲緩地起床。

這間閣樓沒有窗簾，朝陽的光線會直接照進室內。

莫妮卡起床後，在整理儀容之前，先從抽屜內取出了咖啡壺。再以無詠唱魔術生水，注入手上的咖啡壺。

以魔術精製的水含有豐富的魔力，常認為不適合飲用。

人體沒辦法儲存太大量的魔力，一旦大量攝取含有魔力的水，很容易引起魔力中毒。因此，莫妮卡平時也都到水井取水。

話雖如此，只是少量的話就不成問題。身為七賢人的莫妮卡，對於魔力的容許量原本就較常人來得高。沒那麼簡單陷入魔力中毒。

注過水後，莫妮卡磨了磨咖啡豆，裝進壺裡。

接著更取出小小的鐵製三腳架，擺上咖啡壺，再透過無詠唱魔術生火。

即使只是這道小小的火焰，依然得在固定的座標位置上維持一定的火力，所以必須透過縝密的術式與操控才得以運用。

以黑貓姿態在床上無所事事的尼洛，傻眼地望著莫妮卡。

「就為了沖一杯咖啡，妳這未免太浪費技術了吧？」

「因、因為……又不能擅自跑去廚房煮……」

莫妮卡小聲地找藉口，把壺裡的咖啡倒進咖啡杯。

隨後，尼洛縱身一躍，跳上莫妮卡的書桌，以金色的貓眼仰望莫妮卡。

「莫妮卡，那玩意兒本大爺也想喝喝看。」

「怎麼了？這麼突然。」

「我最近看的小說裡頭有寫啊。主角巴索羅謬默默喝咖啡的場面有夠酷，超帥的。」

莫妮卡思索了一下，用湯匙舀起杯裡的咖啡，擺到尼洛面前。

餵貓喝咖啡雖然不太好，但尼洛又不是普通的貓，所以沒問題吧……大概。

「不要緊嗎？滿苦的喔？」

「生物要是失去了冒險心，就只剩退化一途啦。」

「……這也是，書裡面寫的嗎？」

「沒錯，達士亭．君塔最讚了。」

搬出王都當紅的小說家名號之後，尼洛開始小口小口舔舐湯匙內的咖啡。

舔到一半，尼洛突然全身寒毛直豎。

緊接著發出非人亦非貓的叫聲，倒在桌上直打滾。

「轟嘎啦噗啵——！」

看來貓舌果真還是跟咖啡不合。

尼洛有如死裡逃生的戰士般猛喘氣，仰頭望向莫妮卡。

「好個大力滿足冒險心的刺激滋味。會把這種東西當成美食般享受，妳的味覺肯定有毛病。」

「…………」

莫妮卡無視尼洛的抱怨，開始啜飲自己的咖啡。

舌面上流過的滾燙苦澀液體，讓莫妮卡的大腦即刻清醒了過來。

無意間，腦內浮現出亡父說過的話。

——首先試著把無用的東西去掉。這樣一來，餘下的就是最單純的數字。

（……無用指的是，什麼呀。）

好比對莫妮卡而言，早上這杯咖啡絕非無用。是極為重要的東西。

但看在討厭咖啡的人眼裡，這個習慣或許就像是無用的。

（……如果換作算式，我馬上就能找到答案的說。）

想在人心找出「無用」，這是何等困難之事。

莫妮卡再度啜飲一口咖啡，瞥向桌上的緞帶與樹果。

至今為止，莫妮卡都不曾在意過自己的髮型。所以若是以往的莫妮卡，一定會把緞帶斷定為無用的東西吧。

樹果也一樣。莫妮卡對於進食一事興致缺缺，要是沒有樹果，頂多也就心想算了，少吃一頓中餐。

莫妮卡拾起樹果，放進嘴裡啪哩啪哩嚼了起來。平時都沒有特地留意過滋味，但現在總覺得很想用心品嘗看看，所以仔細咀嚼了一番才下嚥。

「……嗳，對尼洛來說……不算無用的東西，是什麼？」

「喔？怎麼？突然提起這麼哲學的問題？……有學過哲學這個詞的本大爺帥斃了對吧。快誇獎

莫妮卡的使魔
尼洛

我！」

「……嗯，好厲害好厲害。」

莫妮卡隨口亂誇幾句，這時尼洛突然高喊「就是這個！」並伸出右前腳的肉球，朝莫妮卡大力一指。

「對本大爺來說，妳的誇獎並不是無用的。所以說，繼續誇獎我吧！稱讚我！再不然想做成歌謠劇、寫成小說，甚至畫成肖像畫流傳後世都沒問題！」

後半段雖然挺強人所難的，但尼洛相當重視莫妮卡的誇獎，這件事實令莫妮卡有點開心。

「然後啊，儘管享受妳口中的無用就行啦……『人生本就充滿無用。既然如此，何不大方享受那些無用』——達士亭．君塔也在小說裡頭這麼寫喔。」

光是要活下去就已逼得自己喘不過氣，這種狀況下還要去享受無用，對莫妮卡而言實在是道不小的難題。即使如此……

「我還是稍微挑戰……看看吧。」

說著說著，莫妮卡伸手拿起了桌上的緞帶。

——愈是困難的挑戰，愈教人開心喔，莫妮卡。

父親這番話，溫柔地浮現在莫妮卡內心。

＊＊＊

拉娜．可雷特坐在自己的位子上，擺著托腮的動作一頁頁翻著教科書。

莫妮卡確認拉娜的身影後，邁出發抖的腳步朝她走去。

「那……呃，那、那個……」

「幹嘛啦。」

拉娜托腮的姿勢不變，臉依舊朝著課本，只挪動眼珠朝莫妮卡望去。

就在莫妮卡的身影映入那雙眼眸的同時，拉娜當場瞪大了眼睛。

「妳那頭怎麼回事啊？」

莫妮卡的髮型既非昨天拉娜幫忙編成的髮型，也非平時的麻花辮。

頭頂的毛髮不自然地鼓起，硬是把兩條麻花辮固定在那兒，堪稱十分前衛的造型。

「那、那個，我想試著重現，昨天妳幫我編成的樣子……」

「普通的麻花辮都比妳現在好啦！」

「……啊嗚……」

慘遭拉娜怒罵的莫妮卡，低著頭伸手插進口袋。

然後掏出昨天帶回房間的緞帶，畏畏縮縮地向拉娜遞去。

「……這個……呃……昨、昨天，真的是非常，謝謝妳……」

回想昨天與尼洛練習的過程，莫妮卡聲若蚊蠅地道謝。

雖然依舊是微弱到彷彿即將辭世的嗓音，但總算好好表明到最後了。

然而，拉娜望了望莫妮卡遞出的緞帶之後，卻只用鼻子「哼」地一聲別過頭去。

「我不要。那個，已經退流行了。」

拉娜擺出冷冰冰的態度，拒絕更進一步的對話。

換作平時的莫妮卡，肯定在這兒就哭喪著臉離去了吧。
但是，莫妮卡在原地踏穩了腳步，使勁擠出聲音開口：
「……可、可以……請妳……教、教、教教我，昨天是怎摸綁的麻？」
舌頭打結了。
但糗到連耳根都發紅而低下頭去的莫妮卡並沒有發現——
拉娜為了忍住不笑，憋到嘴角都開始不停抽搐。
「拿妳沒辦法耶！來啦，那邊，乖乖坐下。」
拉娜頤指氣使地發號施令。
莫妮卡按她的吩咐，把自己的椅子搬過來就坐，拉娜隨即俐落地解開莫妮卡的頭髮。
「受不了，妳是用什麼鬼方法才弄成那種詭異的髮型啦！真不敢相信！嗳，妳有帶梳子嗎？」
「沒、沒有……」
莫妮卡怯怯地答道，拉娜隨即抓起莫妮卡的頭髮使勁扯了扯。
「……真虧妳兩手空空也敢開口要我教妳耶？」
「對、對對、對不，起！」
拉娜露出傻眼的表情，用鼻子哼了一聲，掏出自己的梳子。
梳子的握柄上不但刻了細緻的銀製浮雕，而且仔細一看，還四處點綴著小粒的寶石，有如小花盛開一般。
「前陣子還很流行以鳥為主題的金雕梳子，但說到最近當紅的就是這種了。點綴這些小寶石實在讓整體可愛度加分。尤其安梅爾地區的工藝師雕工真的超群，所以想買上等貨絕對推薦安梅爾製的……」

說著說著，拉娜不知為何突然噤聲，默默地為莫妮卡梳起頭髮。

怎麼突然安靜下來呀？正當莫妮卡如此好奇時，拉娜用了只有莫妮卡聽得見的音量開口：

「……很無聊對吧，我講的那些。」

聽見這股夾帶些許鬧彆扭色彩的嗓音，莫妮卡忍不住睜大了眼睛，仰頭望向身後的拉娜。

拉娜正擺出一副嘴巴凹成ㄟ字形，好似內心受傷了的表情。

「……反正我們家就是暴發戶。我講的話根本就沒什麼水準，完全不值得一聽，妳也這麼想吧。」

「那、那個……呃……」

莫妮卡雙手無意義地亂揮，卯足全力張嘴回應：

「我、我也一樣，常被人說講話的內容，很無趣……因為我都只會，提數字，而以……」

莫妮卡一旦聊起算式或魔術式相關話題，不管要聊多久都行，可一旦聊起來，就會忘記確認對方的反應，自顧自地一直說下去。

為此遭到路易斯・米萊斥責的次數，可不只有一次兩次。

那位俊美的魔術師，上次還毫不留情地擰起莫妮卡的耳朵，滿面笑容地凶她：「同期閣下，變回人類了沒有？」

莫妮卡才剛回想起那次經驗而開始發抖，拉娜就噗嗤一聲笑了出來。

「那是怎樣，太怪了吧。」

「會、會很怪，嗎……？」

「怪透了。來，轉向前去。」

拉娜以熟練的動作將莫妮卡的側髮編成三股辮。待兩側的辮子都編好，就把剩下的毛髮集中，梳成漂亮的造型，再以緞帶打結固定。

「好，完成了。小事一樁啦。」

「好、好厲害……好快……重要的是辮子的位置與角度嗎？不，束起來的毛髮比例也……」

「這種事不要依賴數字，要靠手直接記住啦。來，自己解開練習一遍。」

拉娜這番話，讓莫妮卡再度瞪大雙眼，扯著喉嚨用高到變成假音的聲音大叫起來：

「咦咦！綁得這麼漂亮了……卻、卻要解開……嗎？」

綁得這麼漂亮了——這句話似乎令拉娜龍心大悅，嘴巴又開始不停抽搐。但她還是趕緊擺出一副大姊姊面孔清了清喉嚨。

「不自己動手的話一輩子學不會吧。失敗的話我再幫妳就是了，來，動手試試看。」

「嗚嗚……感覺好像在把好不容易完成的美麗算式分解成亂七八糟的項目……」

「那什麼比喻啦，真是……」

拉娜的笑容看起來就像一半傻眼，另一半欲迎還拒，而就在這時，教室突然爆出了一陣吵鬧聲。

這時間離教師來到教室還嫌太早了。是怎麼回事呀？莫妮卡抱著這種想法轉頭望向騷動中心，一位似曾相識的男同學便映入眼簾。是那個頂著深褐色頭髮的下垂眼青年。

（那、那個人……）

昨天，在舊庭園把莫妮卡當成入侵者抓住的學生會幹部——艾利歐特・霍華德。

艾利歐特環視教室內一圈，並在眼神和莫妮卡對上時露出一抹微笑。

莫妮卡嚇得「噫」一聲躲到拉娜背後，可惜為時已晚。

艾利歐特隨著皮鞋踩出的響亮腳步聲，朝莫妮卡的位子直直走來。莫妮卡急忙逃離拉娜的背後，藏身到附近的窗簾內。

看到莫妮卡這番怪異行徑，艾利歐特忍不住開口笑她：

「沒想到，妳真是咱們學校的同學。我到現在還有點難以置信呢。看到人家的臉卻拔腿就跑，實在不像淑女的舉動。原來如此，的確是隻膽小的松鼠。」

莫妮卡嘎噠嘎噠抖個不停，從窗簾的細縫窺向艾利歐特。

「我、我是人，不是，松鼠……」

「想這麼主張的話，至少也先從那兒出來吧。」

「……」

莫妮卡渾身發抖地離開窗簾，艾利歐特見狀又露出了微笑。話雖如此，他也只是嘴角上揚，那對下垂眼並未透出任何一絲笑意。

「那麼，這邊想找妳稍微談點事。希望妳別多問乖乖跟來，方便嗎？」

「我、我等等，就要上課了……」

「妳們班的班導是松禮老師對吧？我會幫妳交待一聲的。反正才剛新學期第二天，不會講什麼多重要的內容啦。」

語畢，艾利歐特自己先向前走了幾步，再回頭望起莫妮卡。

「我是學生會幹部喔。今後，妳要是還想度過和平的校園生活，勸妳還是乖乖聽話比較好，插班生。」

要是在這裡嚷嚷「我不要」，哭著逃離現場，就跟昨天為止的自己沒兩樣了。

莫妮卡「嘶——哈——」地深呼吸，輕輕點了點頭。

「……我、我明白，了。」

艾利歐特．霍華德毫不隱藏對莫妮卡的輕蔑，發言時也始終話中帶刺。

即使如此，比起那位會突然笑容滿面地亂放攻擊魔術的可怕同期，一定還是好上幾分才對。

莫妮卡如此說服自己之後，邁出了顫抖不已的第一步。

＊　＊　＊

艾利歐特停下腳步的地方，是一扇設於四樓的豪華門扉前。賽蓮蒂亞學園無論何處，豪華程度都堪比上級貴族宅邸，不過眼前這扇門的豪華程度又更上一層樓。

艾利歐特輕輕敲了敲門，不等傳出回應就把門打開。

「要進來嘍。」

「請進。」

房內傳出的是似曾相識的祥和嗓音。

艾利歐特伸手按著門，以視線督促莫妮卡進房。

莫妮卡將手緊緊握在胸前，向前邁出腳步。

「……失、失禮，了。」

門後出現的是鋪有緋紅色地毯的寬敞房間。

相較於一般學校，賽蓮蒂亞學園每間房間都打造得極盡奢華，而這間房間的奢華程度果然還是獨樹一格。整間房間無論桌椅梁柱，全都經過精心裝飾。校長室是淺顯易懂地擺放了繪畫或雕刻，這裡則是除了單純的豪華，還營造出一股優美感。

就在這樣的房間深處，一位男同學正坐在辦公桌前。

一頭蜜糖金色的秀髮，在窗口射進的光線照耀下顯得閃閃動人。雙眼美得就像在水藍色瞳孔中點綴一滴綠色水彩。

「抱歉突然把妳找來呀，莫妮卡．諾頓小姐。」

「你，是昨天，那位……」

在舊庭園幫莫妮卡撿樹果，又在花盆砸下時動手保護她的青年，臉上正浮現與當時如出一轍的祥和笑容望著莫妮卡。

「後來有好好吃到午餐了嗎，小松鼠小姐？」

「那個，昨、昨天真是……呃，非常、非常謝謝你！」

成功了，終於成功道謝了。

莫妮卡今天的目標，就是向拉娜以及這位青年為昨天的事道謝。沒想到目標這麼快就達成，令莫妮卡偷偷在心裡浮現一股喜悅。

而青年則是動作穩重地歪頭，顯得一臉不解。

「嗯？我做了什麼值得讓妳道謝的事情嗎？」

「那個，你幫我撿了樹果……然後，還特地送我去醫務室……」

莫妮卡搓弄著手指回答，青年這才露出「喔喔～」的表情。

「用不著放在心上喔。保護學生安全是學生會長的職責嘛。」

正心想「真是個溫柔的人～」而欽佩不已的莫妮卡，忽然注意到一個不容忽視的字眼，進而緩緩抬頭。

「……學生，會長？」

「嗯。」

青年滿臉微笑地點頭，接著從椅子上起身，在莫妮卡面前優雅地鞠躬。

「遲了些自我介紹呢。我是賽蓮蒂亞學園第七十五屆學生會長——菲利克斯・亞克・利迪爾。還請多多指教。莫妮卡・諾頓小姐。」

「…………」

昨天那位親切的男同學，其實是學生會長。換句話說，他就是第二王子，亦即莫妮卡的護衛對象。

理解這件事實的瞬間，浮現莫妮卡腦內的是……

「那個～……」

「嗯，請說？」

「……為什麼，你明明是王子殿下，卻要在半夜溜出宿舍，呢？」

莫妮卡的提問，讓站在門前待命的艾利歐特一臉驚愕地望向菲利克斯。

「半夜溜出宿舍？喂，這我可沒聽說啊。」

菲利克斯笑著朝莫妮卡回話，輕描淡寫地避開了艾利歐特的銳利視線。

「我有點不清楚妳在說什麼耶。」

「那個，我昨天，晚上，從窗口看見，殿下在男生宿舍的外頭晃來晃去……」

昨晚尼洛發現的可疑人士，無庸置疑就是眼前這位菲利克斯。

但，為什麼明明是宿舍禁止外出的時間，他卻在外頭亂晃呢？

針對莫妮卡這單純的疑問，菲利克斯依舊保持著笑容回應：

「昨晚月亮沒出來對吧？拜此之賜，星空格外美麗呢。」

這是在兜著圈子暗示，在這種月黑風高的夜晚，莫妮卡不可能從窗口看到他。

莫妮卡正打算反駁，菲利克斯已經先在桌上十指交疊，將下顎靠上手指接話。

「妳昨晚看到有人從男生宿舍跑出來是嗎？嗯～那或許是可疑人士沒錯呢。不過那人並不是我。方便告訴我妳看到的人有什麼特徵嗎？必須得強化校園方面的警備才行。」

「對、對方戴著兜帽，我沒看到臉。就只是稍微瞥見金髮，以及後腦的程度……而已。」

「這間學校裡，金髮的人要多少有多少喔。」

遭到反駁的瞬間，莫妮卡心中的火點燃了。又或者可以將之稱為「想證明」這種學者特有的思考模式。

面對擺出游刃有餘態度的菲利克斯，莫妮卡握拳開口斷定。

「昨、昨天那個人，與殿下，體格是一致的。」

「體格相近的人，也不怎麼罕見吧？」

「不是相近而已，那個是，黃金比例！」

「……嗯？」

一度點燃火苗，莫妮卡眼中就不再有周遭事物，只會沉溺於用來證明的內容，這是她的壞習慣，現在正好火熱上演中。

好巧不巧地，這兒的牆上正好有一面開會用的移動式黑板。莫妮卡立刻在黑板上畫了一個簡單的人形，並在頭部的位置畫上一個長方形。

「只要是親眼所見的東西，我有自信大多能講出正確的長度。首先殿下頭部在外型的長寬比是一．六一八：一。那是無窮趨近於黃金比例的數值，也就是最令人類感受到美麗的數值。若說得更精確點，黃金比例的比值應該是一．六一八零三三九八……但這裡就先割愛不討論。」

絲毫不顧啞口無言的菲利克斯與艾利歐特，莫妮卡繼續在黑板上的肚臍部分拉了一條橫線。形成把人體圖切成上下兩部分的分割圖。

莫妮卡接著在肚臍以上的部位寫下一，在肚臍以下的部位寫下一．六一八。

「就算隔著衣物，還是能透過雙腳的長度大致推算出肚臍的位置。然後昨晚的人物與殿下，在以肚臍為中心分割上下半身時，都一樣讓下半身與上半身形成了黃金比例。更驚人的是！若以下半身為一，上半身與下半身合計的全長竟然又正好是一．六一八。簡直就像是事先計算好的黃金比例！這樣的人絕非隨處可見！若能讓我以捲尺實際測量，相信就會理解我的假設是正……確，的……」

激昂不已地高談闊論的莫妮卡，到這個地步才總算回神。

（我、我這是在，幹什麼……）

莫妮卡維持著手握粉筆的動作，渾身僵硬地望向菲利克斯與艾利歐特。

艾利歐特目瞪口呆地呆立原地。

而菲利克斯則好像在計算什麼似的，悠哉地喃喃自語「最後一次量身的數字記得是……」

不一會兒，菲利克斯露出理解的表情。

「啊，真的是一．六：一。」

「……」

「給人誇獎外表的經驗，我雖然算是滿多的，但這樣的誇法應該是第一次遇上吧。」

這種比起諷刺，更像是被勾起興趣的說法，令莫妮卡忍不住抱頭煩惱起來。

（啊啊啊啊啊，我又闖禍了啦～～～……）

一扯上算式或魔術式，莫妮卡就不時會陷入忘我狀態。

明明每次都因為這樣被同期的路易斯擰耳朵的說……啊啊～怎麼偏偏就在護衛對象面前捅這種漏子嘛！

總之千萬不能惹菲利克斯不悅，非得想想辦法不可，莫妮卡開始絞盡腦汁找藉口。

曾在找藉口的能力方面被路易斯給出差勁評語的莫妮卡，反覆思考思考再思考，思考過度到迷失方向，最後得到的結果如下：

「以黃金比例為基礎所衍生的黃金螺旋，其半徑就是《沙姆叔叔的小豬》這條兒歌也有使用到的數列！這個數列左右兩項目的比值會愈來愈接近黃金比例，是一串十分美麗的數列……換句話說，《沙姆叔叔的小豬》很厲害……不對，是殿下身體的黃金比例很厲害！」

路易斯若在場，肯定賞她腦袋一拳，再扔下一句：「這種藉口是能夠起到什麼緩頰效果。」

看了莫妮卡把小豬的歌與王族相提並論還自認是在誇獎的行徑，教艾利歐特不禁雙眼半閉地呻吟起來。

「不，《沙姆叔叔的小豬》是啥啊。」

艾利歐特似乎對市井小民的童謠沒有頭緒，他身旁的菲利克斯則啪一聲敲響手掌。

「喔喔，那首童謠……原來如此。那些數字原來有這種涵義啊。」

艾利歐特瞇起他的下垂眼，瞪向發自內心欽佩的菲利克斯。

「也就是說，這隻小松鼠的證言屬實，殿下趁著半夜在宿舍外頭亂晃，自己一個人當誘餌進行了搜查是吧。」
「是呀，很遺憾地沒什麼進展就是。」
「希利爾要是聽到，可會暈倒喔。」
「嗯，所以如果能幫我保密，我會很開心。」
從菲利克斯與艾利歐特的對話推敲，菲利克斯應該是把自己當成誘餌想引出某起事件的犯人。而且還是沒告知任何人的獨斷行動。
（這、這對於，身為護衛的我來說，豈不是不容忽視的案件……）
但就算開口，菲利克斯會願意將詳情向身為外人的自己全盤托出嗎？
就在莫妮卡傷腦筋的期間，菲利克斯與艾利歐特的爭執仍持續在進行。
「艾利歐特，她果然是無害的小松鼠沒錯啦。昨晚明明看見了我，她卻毫無動作，甚至還在這裡說溜嘴，不可能有這種刺客。」
「很難說，那搞不好是想讓我們掉以輕心的作戰。昨天那個花盆，再怎麼說都太不自然了。這位諾頓小姐把殿下引誘到花盆墜落地點的可能性並不是零。」
艾利歐特的發言，讓莫妮卡反射性「欸？」了一聲。
總覺得，好像被人給冠上了個無法裝作沒聽見的嫌疑。
「那、那個，昨天那個花盆……難道，不是偶然掉下來的？」
莫妮卡戰戰兢兢地插嘴，艾利歐特隨即擺出「你怎麼說？」的表情向菲利克斯使了記眼色。
菲利克斯再度露出微笑，在椅子上把翹著的腳左右對調。
「……首先就把詳情從頭向妳說明吧。事情的開端是兩天前，我們抓到學生會幹部奧隆・歐普萊恩會計私下侵占學生會預算公款。當我們向他追究這件事時，歐普萊恩會計陷入了錯亂狀態……目前是安排他在宿舍自室禁閉，直到退學手續辦理完畢為止。」

奧隆．歐普萊恩這名字莫妮卡有印象。

兩天前，在走廊上鬼吼鬼叫，被人動手制伏的黑髮男同學。他的名字叫奧隆．歐普萊恩，伊莎貝爾的確是這麼說的。

「就我們學生會而言，實在也不希望家醜外揚嘛。所以並不打算將歐普萊恩會計挪用公款一事公開，只打算以他急病退學為由，讓此事安穩落幕。不過，之後卻發生了一點小事件。」

＊　＊　＊

開學典禮的前一天，在上午開會時為奧隆．歐普萊恩定罪的菲利克斯，為了替奧隆的舞弊收拾善後，而與其他幾位學生會幹部鎮日埋頭工作。

其中特別棘手的就是重審會計紀錄。奧隆為了中飽私囊，在好幾處都動了手腳竄改紀錄。而他為了不使竄改曝光，自然是跟著改動了其他的數字，設法讓帳面吻合……就這麼反覆改動之下，整本帳簿的紀錄已經變得慘不忍睹。

學生會幹部雖然全體動員調查，想將所有數字修正依舊相當費時。

結果那天就在作業沒有得到顯著進展的狀況下，耗掉了大量時間。

而明天就有開學典禮，所以也不能把時間都花在重審會計紀錄上。

就在時刻來到即將下午三點時，學生會顧問松禮教師到學生會露了臉。

「差不多要請各位開始準備明日的開學及入學典禮相關工作。」

提到典禮的準備與指揮，首先菲利克斯就絕對不能缺席。

再者，現場也會有不少物品需要搬動，男丁也多點比較好辦事。

因此，菲利克斯將重審會計紀錄的工作交給書記布莉吉特與總務尼爾，帶著副會長希利爾與書記艾利歐特一同前往典禮會場。

會場已經擺滿了入學新生用的椅子，入口附近也掛了看板。

裝飾已經大致完工，所以菲利克斯等人只需要進行最後確認。即使如此，在一項一項仔細核對之後，還是找到了諸如椅子過多過少這類原先沒注意到的小細節。

「把新生要繫的緞帶按班級分箱裝好吧。這樣當天進行會比較順……」

正當菲利克斯在對艾利歐特下指示時，松禮教師望向菲利克斯的頭頂上方，臉色瞬間大變。

「危險！」

下一秒，副會長希利爾也以近乎哀號的嗓音大喊：「殿下！」

聽見松禮與希利爾叫聲的菲利克斯，在思考之前就先離開了原本的位置。

幾秒之後，某個物體以驚人之勢墜落在菲利克斯原本的所在地……那是吊在入口上方的看板。

看板應該是用金屬器具固定在典禮會場二樓窗口防止跌落的護欄上。換句話說，是有人從窗口伸手出去把器具給解開。

抬頭一看，發現二樓窗口被打開了些，還有道人影自窗口閃過。

＊＊＊

「……事情就是這樣。」

光是聽菲利克斯說明這些經緯，莫妮卡就覺得自己快昏倒了。

菲利克斯嘴巴說什麼「一點小事件」，但不管誰聽了都覺得，這根本就是暗殺未遂。

（我、我剛抵達賽蓮蒂亞學園的同一天，竟然就發生了這種事件……！）

莫妮卡頓失血色的慘白雙唇不停發抖，交互望向菲利克斯與艾利歐特。

在敘述事情經過的時間，菲利克斯臉上始終掛著平穩祥和的笑容，艾利歐特則或許是回想起當時的場面，滿臉的不甘心。

以這種場合來說，艾利歐特的反應才是正常的。都被人覬覦自己性命了，還能老神在在地微笑的菲利克斯，那神經才叫做不對勁。

（還、還是說，王族原本，就習慣被殺手盯上，了嗎……）

在腦海一角思考著這種事情的同時，莫妮卡開口問道：

「那、那個，把看板解除固定的犯人呢……？」

「很遺憾地，讓對方跑了。沒錯吧，艾利歐特。」

「……真抱歉啊。沒能把人抓起來。」

艾利歐特鬧彆扭似地嘟嘴，稍微補充了一下當時的詳細狀況。

看板砸下來的時候，菲利克斯身旁共有教師松禮、副會長希利爾、書記艾利歐特三人。

在場唯一的教師松禮留下希利爾護衛菲利克斯，與艾利歐特一同動身追捕犯人。

但就算松禮與艾利歐特兵分兩路，還是沒能把犯人給找出來。

菲利克斯小小嘆了口氣，聳聳肩開口。

「在為奧隆‧歐普萊恩定罪之後的短短幾小時內，就出了這種事。認為兩者存在某種關聯相信是妥當的吧？但，看板墜落事件發生時，歐普萊恩前會計正在男生宿舍關禁閉。如此一來，砸下看板的真凶就另有其人。」

菲利克斯稍稍瞇起碧綠色的雙眼，意味深長地望向莫妮卡。

「從歐普萊恩前會計的供詞，可以推測有共犯與他一起侵占公款。砸下看板的人物，非常可能就是那名共犯。」

菲利克斯雖向奧隆進行了訊問，但陷入心神喪失狀態的奧隆只是不斷複誦著：「那傢伙……全都是那傢伙不好……」根本沒辦法提供共犯的資訊。

說著說著，艾利歐特語帶諷刺地扭了下嘴巴。

「所以說，我們才會為了揪出那個共犯設下圈套啊。就在昨天中午。」

「……啊，所以才會，在後院……？」

「就是這麼回事。」

若發現菲利克斯在四下無人的後院獨處，犯人極有可能再度引發事件。

原本的盤算，似乎是等待真凶接近獨處的菲利克斯，埋伏在一旁的艾利歐特再當場把人逮個正著。

沒想到，來的卻是偶然出現的莫妮卡。

「我先說白了，我認為妳實際上是犯人的同夥。是把殿下引誘至花盆砸落地點的共犯，就這樣。」

明明是為了護衛第二王子才來到這所學校的，沒想到卻被當成刺客。

這件事要是給路易斯‧米萊聽到了，八成會笑著調侃她：「同期閣下的成果還真是出人意料啊～哈哈哈～」並緊握那長滿厚繭的拳頭吧。

（剛、剛潛入就吃下退學處分可不是開玩笑的……！路易斯先生知道肯定會暴跳如雷……而且，任務一旦失敗，最糟的狀況是會被處刑……）

莫妮卡死命搖頭，幾乎要把整顆腦袋都甩飛。

「我、我不是，什麼，犯人……」

「那妳說，兩天前下午三點左右……典禮會場發生看板墜落事件時，妳在哪裡幹什麼？」

面對艾利歐特的詰問，莫妮卡搓著手指追溯自己的記憶。

兩天前的下午三點。莫妮卡正在打掃閣樓。

邊打掃邊向尼洛訴苦：「我也好想當隻貓喔……」

「那、那天，我在女生宿舍……打掃房間……」

「有人能幫妳做證嗎？」

「……沒有。」

那時候只有尼洛跟自己在一起。再怎樣也不能拿會說人話的黑貓來當證人。

艾利歐特用看向罪人的眼神望著低頭的莫妮卡。

那道視線讓莫妮卡覺得自己就像被人掐住了心臟，幾乎要捏碎了，呼吸不由得急促起來。過於緊張的反應令肺部吸不到氧氣。引人不快的冷汗逐漸在手套上染開。

在這種一觸即發的緊繃空氣中，菲利克斯插嘴訓斥起艾利歐特：

「艾利歐特，欺負小動物可教人不敢恭維啊。」

「但是，這隻小松鼠很可疑是不爭的事實吧。」

這時，話中帶刺的艾利歐特就好像想到了什麼主意，用上揚的嘴角露出壞心眼的笑容。

「對了。要不就這樣吧。小松鼠，妳去幫我們把砸落看板跟花盆的真凶給找來。這樣我就相信妳是無辜的。」

艾利歐特這項提議讓莫妮卡瞪大了雙眼。

「呃——要我去抓犯人……嗎？」

「我們自己行動再怎樣都會引人注目啦。說得極端點，這次的事件我們也不想鬧大。所以就連誘餌搜查的計畫都沒和其他學生會幹部提過。」

「咦咦？」

莫妮卡眼睛瞪得更開了，轉頭望向菲利克斯，結果菲利克斯也苦笑著點頭。

「是呀。誰教我們的希利爾副會長操心成性呢。」

原來如此，昨晚尼洛與莫妮卡一起目擊到的菲利克斯，似乎是剛好在引誘暗殺未遂事件的犯人。而且還是沒告知艾利歐特的獨斷行動。

但犯人不知是有所警戒，又或是有其他的理由，昨晚並沒有向菲利克斯出手。

要是不快把犯人找出來，再這樣下去，事件就要步入迷宮了。就菲利克斯他們的立場而言，也希望避免這個發展吧。

「所以咧，妳做還不做？找犯人的任務。」

艾利歐特滿臉壞心眼的笑容，「反正妳肯定辦不到」的想法溢於言表。

莫妮卡在胸前握緊了拳頭。

實在很不情願，可能的話只想窩在宿舍房間裡就好。但無論如何，莫妮卡就是菲利克斯的護衛。

「我、我做，我願宜……」

聽完莫妮卡不像樣的回應，艾利歐特壞心眼地笑著望向菲利克斯，扔出一句：「她這麼說喔～」

被迫表態的菲利克斯，帶著一臉無法判斷感情的祥和神色看著莫妮卡。

「這樣啊，那就有勞妳嘍。請多指教，莫妮卡・諾頓小姐。」

✦ 第六章　翻滾魔女

看板墜落事件與花盆墜落事件，奉命尋找這兩起事件真凶的莫妮卡，首先前往的地點是後院。

看板墜落事件中使用的看板，已經在開學典禮結束的同時一同撤除了，恐怕沒留下什麼堪用的線索。

相對的，發生花盆墜落事件的後院，似乎就連花盆碎片都還沒清理，一直維持著現場的完整。再加上一般人也不會出入後院，用不著擔心被無關人士破壞現場。

在莫妮卡穿過通往後院的門時，一旁的樹叢忽然隨著嘎沙嘎沙聲搖動起來。

「嘿，莫妮卡。王子的護衛順利嗎。」

從樹叢跳出來的尼洛，正抖著身體把身上的葉子甩落。

莫妮卡蹲了下來，與尼洛四目交接。

「……尼洛，怎麼辦。」

「喔，怎麼啦。」

「昨天那個，保護我不被花盆砸到的人，其實就是王子殿下……」

這是因為莫妮卡不記得護衛對象長相而引發的不幸意外。

尼洛晃了晃尾巴，以一種陰沉的視線仰望莫妮卡。

「我說，妳是護衛對吧？」

「……嗯。」

「護衛反過來讓人保護，應該不行吧？」

再中肯不過了。

莫妮卡慌張了起來，無意義地亂甩手，死命為自己辯解：

「我、我有好好用無詠唱魔術保護人家嘛！」

「是是是，那所以，妳結果是來這兒幹嘛？」

「我被人，懷疑是砸花盆的犯人，以及共犯……為了證明自己的清白，要來找真凶……」

尼洛沉默了整整數秒鐘之後，以一種和人類沒兩樣的傻眼表情仰望莫妮卡。

「我說，妳是護衛對吧？」

「……是。」

「被人反過來當成刺客，應該不行吧？」

已經完全無從反駁。

「……反正我這種人，就只是個候補補上的七賢人嘛……我就是無能的家裡蹲嘛……」

我想回山間小屋去了啦——莫妮卡就這樣開始不停哭訴喪氣話，尼洛擺出傷腦筋的態度嘆了口氣。

「真是的，拿妳這主人沒辦法耶～來啦，打起精神。要肉球按摩嗎？」

「……要～」

哭得一把鼻涕一把眼淚的莫妮卡，邊抽噎邊把尼洛抱了起來。

尼洛舉起前腳，用肉球按在莫妮卡的臉頰上。

肉球柔軟的觸感，令莫妮卡的心靈稍微取回了一點平靜。

看準莫妮卡停止落淚的時機，尼洛再度開口：

「所以，妳說要找真凶，那首先要幹嘛？」

「嗯，首先我想調查花盆是從什麼地方掉下來的。」

昨天墜落的花盆沒有人清理，依然維持在落地粉碎後的位置散落一地。

莫妮卡拾起了其中幾塊碎片。

「……看來原本應該是混栽用的大花盆。大概這麼大的，圓型花盆……」

大概這麼大的——莫妮卡用雙手微成一個圓形。尼洛看了，抖著耳朵擺出一臉狐疑的表情望向莫妮卡。

「為啥妳光是看過碎片就知道原本什麼形狀啊？」

「……？看過碎片，不是就大概知道了嗎？」

「誰會知道啊！」

面對尼洛的吐槽，莫妮卡歪頭不解道「是這樣嗎～」並將拾起的碎片擺在掌心。

只要是擺得進手掌的東西，有多重莫妮卡大致上都感覺得出來。

莫妮卡就這樣望著四散的碎片，開始心算花盆大略的尺寸、形狀，以及重量。

（……花盆的碎片沒有沾染土漬。一定是全新，或者是洗過，的空花盆……）

在腦中勾勒花盆摔破前原貌的同時，莫妮卡緩緩抬起了頭仰望校舍。

賽蓮蒂亞學園的陽台大多都有花朵裝飾。

所以，幾乎每個陽台都擺了花盆。沒擺花盆的陽台反而是少數，也難怪菲利克斯會決定拜託莫妮卡調查。

（昨天幾乎是無風狀態。在這個條件下，將我用風系魔術形成的阻力一起列入考量，如此一來……）

莫妮卡以目測導出校舍高度，開始計算花盆墜落的速度。

陽台的扶手高度都不低，所以想將花盆向下扔是有難度的。犯人恐怕是抱著花盆探出上半身，待越過扶手再放開任其自由下墜，這麼推測應無不妥。

（花盆摔落的地面是土壤，會提供某種程度的緩衝。在這個條件下，碎片還碎成這麼小片，加上廣範圍地飛散……）

即使存在若干誤差，但看著現場的花盆殘骸，莫妮卡大致上已經推敲出花盆是從哪個陽台墜落的了。

（……是那邊。四樓的，右邊數來第二個陽台。）

莫妮卡正在確認房間位置時，尼洛伸出前腳扯了扯莫妮卡的裙襬。

「莫妮卡，本大爺也想進校園裡瞧瞧。」

「……不可以。要是給人發現，你會被拎出去喔。」

「哪可能被拎出去。就算給人發現，本大爺的魅力也會迷得人類神魂顛倒啦。」

喜歡貓的人或許是會好好逗弄他一番沒錯，但要是個松禮教師這類個性嚴厲的人撞見，肯定是會被拎出去的。

再度向尼洛耳提面命叮嚀「反正不可以喔」之後，莫妮卡就動身前往校舍去調查有嫌疑的陽台了。

＊＊＊

「哎呀，我說，妳在這兒做什麼？」

莫妮卡剛步上校舍的樓梯，下方就傳來了一陣耳熟的嗓音。

停下腳步回頭，便望見方才替莫妮卡編頭髮的同班同學拉娜，正晃著她一頭亞麻色秀髮走上來。

（怎、怎麼辦，該怎麼跟她說才好……受託調查陽台的事，應該是保密，比較好吧？只告訴她我受託來辦事，應該沒問題，吧？）

停在樓梯上的莫妮卡，低下頭搓起了手指。

像這種時候，不懂得如何找藉口圓場的莫妮卡總是只能含糊其詞地「那個～……這個～……」

瞥了瞥這樣的莫妮卡，拉娜伸手用指頭捲著自己的側髮說道：

「看妳被學生會的人叫去，遲遲沒有回來。我擔心得很呢。」

「……咦？」

同班同學在擔心自己。

單是這點程度的小事，就令莫妮卡微微地心跳加速。

回神之後，莫妮卡趕緊雙手按上喜形於色的臉頰，動作僵硬地開口。

「那個，呃……學生會那邊，託我，去辦點事情，所以……」

看到雙手按臉的莫妮卡視線徬徨地如此回答，拉娜浮現了感到不可思議的神情。

大概是覺得學生會幹部竟然託莫妮卡這個插班生辦事，有點罕見吧。

「嗯哼～所以呢，妳要上哪兒去？」
「呃……四、四樓東棟的，倒數第二間教室……」
「喔喔，是第二音樂室啊。那好，跟我來。」
拉娜一面招手，一面轉身開始走下樓梯。
要去四樓明明還得繼續爬上樓梯才行，她為什麼卻往下走？跟在拉娜後面的莫妮卡正感到不解，拉娜便得意地哼了哼，開口說明：
「這時間啊，上面的走廊會跟換教室上課的班級撞個正著，擠得很呢。從這邊走快多了。」
也不曉得她是察覺到莫妮卡不善於應付人潮，又或是單純的偶然。
但無論是哪邊，這都是一則令莫妮卡萬分感激的提議。
「真、真是很謝謝理……」
莫妮卡使勁開口道謝，隨即不出所料地舌頭打結。
糗到紅透整張臉的莫妮卡，讓拉娜噗哧一聲笑了出來。
「那是怎樣，太怪了啦！」
拉娜嗤嗤地笑個不停。雖然帶有調侃的成分，卻同時也是展現親近感，絲毫不帶攻擊性的笑容。接著，拉娜回應一句「不客氣！」之後，便以輕快的步伐再度邁步。
「想在這個時間爬樓梯的話，從東邊的樓梯比較好喔。梳妝室也一樣，這邊的絕對比較有空位。」
「……梳妝室？」
莫妮卡雖然沒什麼頭緒，但賽蓮蒂亞學園似乎設有幾處房間專供女同學補妝。真不愧是貴族子女御用的學校。

（那應該，是跟我一輩子無緣的房間吧……）

思索著這種事情時，在前方帶路的拉娜突然停下了腳步。她的視線正投向東側的樓梯。

要前往音樂室應該就是從這邊的樓梯上去，但拉娜卻皺起了眉頭，一臉嚴肅地仰望樓梯間。

往樓梯間看去，可以看到幾名女同學正站著交談。

看起來，是有幾個人圍住了一名女學生。

（……啊，那個人，是……）

遭到眾人包圍而困擾地低著頭的，是榛髮少女瑟露瑪・卡許。

也就是，昨天特地跑了一趟醫務室關心莫妮卡病情的保健股長。

身材嬌小的瑟露瑪身邊圍了三名女同學。

其中頂著焦糖色頭髮，感覺像帶頭的少女，以格外響亮的聲音嚷嚷了起來：

「嗳，四處都在傳奧隆要因急病退學了不是嗎。聽說啊，他常出入一些不好的店家，該不會是染上了什麼不可告人的病吧？多可憐啊，瑟露瑪！虧妳對奧隆那麼死心踏地的！」

帶頭的少女說完，身旁兩個女跟班也用扇子遮口，接連附和著：「真的好可憐～」、「對呀，可憐透了呢～」

嘴巴雖然可憐可憐說個不停，她們上揚的雙眼卻滿是嘲諷的神色。

拉娜露出不甚愉快的表情，望向帶頭的焦糖髮少女，咕噥著：「是卡羅萊啊。」

看來她似乎認得對方。不過，從拉娜的表情可以明顯看出，雙方的關係並不友好。

「嗳，瑟露瑪。下次輪到我家主辦舞會時，我再邀妳吧！」

「哎呀～真是個好主意，卡羅萊大人！畢竟治療失戀傷痛最好的特效藥，就是新的戀情嘛！」

「反正妳和奧隆的婚約肯定告吹了吧？找個新對象比較好喔，瑟露瑪！」
聽到其中一位跟班提出這則建議，卡羅萊搖了搖扇子，笑著將臉湊向瑟露瑪。
「說得也是，那我叔父妳覺得意下如何？他正好在找新老婆呢。雖然比妳年長三十歲，但又帥又有錢喔。」
即使被冷嘲熱諷到這個地步，瑟露瑪還是不做任何回應。只是緊握著戴了手套的拳頭，默默低頭不語。
拉娜回過身來，在莫妮卡耳邊低語：
「別理那些人，我們盡快通過就是了。走吧。」
拉娜打頭陣快步走上樓梯。莫妮卡慌慌張張地尾隨在後。
就在走到樓梯間的時候，拉娜向擋住去路的卡羅萊開口：
「噯，借過一下好嗎？」
「哎呀～這不是暴發戶男爵家的拉娜．可雷特嗎。講話還是這麼不成體統啊。我家的歷史可是遠比妳家來得悠久，地位也高得多喔？向我提出要求之前，先問候幾句怎麼樣？」
卡羅萊的挑釁讓拉娜纖細的柳眉當場倒豎。
「我倒沒聽說過，原來擋在路中間閒扯沒完就是名門望族口中的體統啊。噯，趕緊退下讓路行嗎？就連逃離牧場的牛，都知道只要飼主拉了韁繩就要馬上動起來耶……喔喔，不好意思。畢竟妳的屁股太重了，很不想動對吧。」
「妳說誰是牛？」
卡羅萊氣急敗壞地伸手朝拉娜的肩膀猛力一推。拉娜被推得小小哀號了一聲。

幸好，拉娜已經走到樓梯間，所以只是搖晃一下就了事。

但拉娜背後的莫妮卡就沒那麼幸運，被拉娜撞上的她，整個人頓時失衡。

啊——莫妮卡剛在心中大喊，身體就已經傾斜，浮上了半空中。

「莫妮卡！」

拉娜回過身來的同時朝莫妮卡伸手，卻沒能搆到她。

（……會摔下，去。）

在這個瞬間，莫妮卡的思考以驚人的速度開始運轉。

（在室內用風系魔術會讓我的魔術師身分穿幫。既然如此，要在身體周圍展開防禦結界嗎？不，不行，這樣無論如何都會讓墜落的方式變得不自然……那麼……那麼……）

莫妮卡急忙無詠唱布下結界。只不過沒布在身上。她是用肉眼無法看見的結界，填在每階樓梯的中間。

如此一來，樓梯就成了平滑的斜坡，就算在上頭打滾，也不會痛到哪裡去。

將號稱王國最高峰的縝密魔力操控技術發揮到淋漓盡致而以結界填平的樓梯，莫妮卡就這麼滾了下去。

一如莫妮卡所計算的，滾落在斜坡上並不會給身體帶來多大的疼痛。痛是不痛……但——

階層狀的樓梯，平滑的斜坡。

兩者各自擺上物體翻滾，哪一個會滾得比較猛？

……不用說，當然是後者。

莫妮卡的身體也不例外，現在她正以驚人之勢猛烈向下翻滾。

「噫嗚喵啊啊啊啊啊啊啊啊啊啊啊啊啊啊啊？」

這股翻勁之猛，她沒咬到舌頭都已是奇跡。莫妮卡就這麼順勢在走廊滾上了一會兒，並直直撞上一位剛好路過的男同學。

噗嘎～！莫妮卡這聲傻呼呼的哀號，與另一聲低沉的唔咕重合。那是與莫妮卡相撞的某人所發出的。

莫妮卡淚眼汪汪地起身，朝一屁股跌在地上的男同學有如繞口令般地賠不是：

「對、對不起對不起對不起！」

和莫妮卡相撞的，是一位將銀髮束在後頸的青年。莫妮卡也一度見過他，只是現在亂了陣腳，無暇顧及這些。

「……有受傷嗎？」

對方朝莫妮卡伸出手來，顯得十分關心。

但，莫妮卡就連對方伸來的手都沒發現，只顧著繼續連珠砲道歉：

「非常對不起，給你造成困擾了，對不起。」

「……」

男同學不發一語地低頭望著莫妮卡，不一會兒，他以戴著手套的指頭伸向莫妮卡的頭。

莫妮卡反射性地兩手抱頭。要被打了——她是這麼想的。不過，青年的手指只是輕描淡寫地撥開了莫妮卡的瀏海。

「額頭有點發紅。是撞到了嗎？還有其他地方會痛嗎？」

「……咦，啊……」

這時，莫妮卡才總算發現到，眼前這位青年並不是在責備自己。

豈止如此，甚至還在為莫妮卡擔心。

青年觸及額頭的指尖，散發出了些微的冰涼感。

（……？冰之魔術？可是，他並沒有詠唱……該不會是魔力在無意間流失？）

思索著這些事情時，驚慌跑下樓梯的拉娜終於趕到了。

還好，剛剛有馬上把布在樓梯上的結界解除。要不然，這會兒就要換拉娜從樓梯上滑下來了——莫妮卡悄悄撫著胸口如此想道。

「喂，噯！妳、妳還好嗎？」

「……啊，嗯……」

莫妮卡點頭示意後，拉娜才終於鬆一口氣。拉娜也同樣在為莫妮卡操心。

像這種時候，到底該開口感謝大家的關心，還是該為了讓大家擔心而道歉呢？莫妮卡還在傷腦筋，銀髮的青年就插了嘴：

「……所以，這裡到底是在吵什麼？」

看到青年一臉狐疑地發怒，莫妮卡終於想起了他是誰。

他就是那天，用冰之魔術讓發狂的奧隆．歐普萊恩住嘴的青年。

「他是學生會副會長希利爾．艾仕利大人喔。」

拉娜小聲地告訴莫妮卡。

原來如此，看來這位青年就是菲利克斯口中的「操心成性的副會長」。

「有誰可以解釋一下發生了什麼事？」

希利爾發問後，樓梯間的卡羅萊悠哉地漫步走下樓梯。臉上掛著游刃有餘的自信笑容。

「那邊的拉娜．可雷特小姐打鬧過頭，把同學從樓梯上推下去了。」

「啥──？」

卡羅萊非但沒有賠罪，甚至還惡意推卸責任，拉娜怒火中燒地吼了起來。

「是妳出手推我的吧？莫妮卡是無辜捲入的！」

「哎呀，還想把責任推到我頭上？暴發戶出身的就是這麼粗神經，真討厭。」

跟班的少女們趁機「對呀，對呀」地附和卡羅萊的主張。

得到跟班們壯大聲勢，卡羅萊得意地揚起嘴角，以裝無辜的上吊眼望向希利爾。

「不用說，比起那種暴發戶男爵家的女兒，希利爾大人一定比較願意相信出身名門諾倫伯爵家的我對吧？」

卡羅萊這番話，聽得拉娜咬牙切齒。

莫妮卡很清楚。就算我方沒有任何過錯，一旦「是妳不好」這句話出自有身分地位的人口中，錯就會落在我方的頭上。

「……那、那個……」

莫妮卡戰戰兢兢地開口，雙手抱胸的希利爾那雙藍眼睛便即刻銳利地掃向莫妮卡。也許是心理作用，但總覺得周圍的空氣一下子冷得令人發寒。

希利爾的視線，令莫妮卡萎縮地低下頭。

這位青年，是一位主動擔心從樓梯上摔落的莫妮卡的溫柔青年。

即使如此，就算莫妮卡在此控訴卡羅萊的過錯，他也不會聽進去吧。

切。

他是學生會幹部，是為這所校園的秩序把關的人，而在這個反映了貴族社會的校園裡，身分就是一

（我這種人不管說什麼，一定都沒有用……）

莫妮卡朝站在眼前的希利爾投以放棄的目光，緊咬自己的嘴唇。

（……即使如此──）

如果卡羅萊只是裝蒜說自己什麼都不知道，莫妮卡大概就摸摸鼻子自認倒楣了吧。然而，卡羅萊卻打算讓拉娜背黑鍋。

再這樣下去，拉娜就會被當成壞人。

──會因為莫須有的罪名，受到不該受的懲罰。

（就只有這個，絕對，不行……）

莫妮卡張開了慘白的雙唇。

（拜託，出聲吧，我的喉嚨。）

帶著想要落淚的心情，莫妮卡在內心叱吒自己，鼓起勇氣開口：

「是、是我自己，不小心腳滑，跌倒，而已……！」

即使控訴不了卡羅萊，至少也想避免讓拉娜被當成代罪羔羊。

抱著這唯一的希望，莫妮卡向希利爾提出了主張。

「沒有任何人不好……都、都怪我自己，不注意，非常對不起！」

看到莫妮卡低頭道歉，拉娜不滿地高喊：「等等！」

即使如此，莫妮卡還是迅速接了話，打斷拉娜的發言。

「所以說，那個，我已經……不要緊了！抱、抱歉驚動，大家了……！」

只要被害者莫妮卡離開，場面應該就能緩和下來。

如此心想的莫妮卡，帶著笨重的腳步爬上樓梯，自現場遠去。

＊＊＊

一口氣跑上樓梯的莫妮卡，氣喘吁吁地試著調勻呼吸。

顫抖的齒列彼此碰撞，發出莫名吵耳的嘎吱嘎吱聲。

（……不要緊、不要緊，只要我忍下來，別說些多餘的話，一切就能圓滿落幕……）

莫妮卡拍了拍滾落樓梯時稍微弄髒的裙襬，重新把手套仔細戴好。

現在只要集中精神調查覬覦菲利克斯性命的刺客就好。

花盆墜落事件是抱持著明確殺意而犯下的暗殺未遂事件。身為王子的護衛，絕不可視而不見。

（只不過，犯人是為什麼，要以殿下為目標呢……？）

菲利克斯他們好像認為是舞弊的奧隆・歐普萊恩的共犯惱羞成怒下手犯案，但莫妮卡對這個看法感到有點不自然。

奧隆・歐普萊恩的供詞暗示著他有共犯存在。

既然如此，共犯不是應該會想排除奧隆滅口才對嗎？

（總覺得，好像漏洞百出的不完整算式……）

想填補算式的漏洞，還缺少足夠的情報。

現在就先蒐集情報為主，莫妮卡這麼說服著自己，在目的地——東棟四樓的第二音樂室門口停下了腳步。

室內傳出彈鋼琴的聲音。似乎是有人在裡頭演奏。擅自進去會不會惹人家生氣呀？可是，現在想盡早蒐集情報。

天人交戰之末，莫妮卡輕敲並打開了房門。

在一間有點類似沙龍的高雅音樂室裡頭，擺了張氣派的鋼琴。

鋼琴是庶民絕對無緣接觸的高級樂器。坐在這樣的鋼琴面前，讓指手如流水般滑動於鍵盤的，是一位頂著金色捲捲頭的女同學。從她領巾的顏色看來，應該是高中部三年級吧。

這位女同學停下了彈鋼琴的手，頭也不回地向莫妮卡開口：

「這間音樂室現在正由我使用。有什麼事晚點再來。」

「那、那個，對不起。我、我把東西……那個……忘、忘在陽台，了……」

面對莫妮卡這番話，金髮大小姐默默地翻了頁琴譜。然後就有如喃喃自語般地扔下一句：「趕緊處理好。」

莫妮卡含糊不清地道謝之後，快步走向陽台。

一如預料，陽台擺了幾只花盆。形狀與落在後院的相當類似。

（……三個混栽的盆栽，以及……）

唯一一只空的花盆，上下顛倒地倒放在陽台的角落。莫妮卡屈膝蹲下，仔細確認那只花盆。

試著抱起來，裡頭也空無一物。真的就只是把一只空花盆倒放而已。

（為什麼，就只有這個花盆被倒放呢？）

隨著內心的不解，莫妮卡將花盆物歸原位。

倒放的花盆髒污程度嚴重，手套因此沾滿泥土。莫妮卡雖然試著拍了拍手套，但土漬已經緊緊染在手套上。

晚點回宿舍得先把手套洗乾淨才行。莫妮卡可是沒有備用手套的。

關切完手套的髒污情形，莫妮卡開始觀察陽台的扶手。

防止跌落的扶手高度相當高。身材嬌小又沒什麼力氣的莫妮卡，若想把沉重的花盆從這裡推下去，相信要費上相當的勞力。

（……該不會——）

思考一陣子後，室內傳來的鋼琴聲消失了。

莫妮卡回過神來，轉頭看向室內，發現坐在鋼琴前的女同學正以冰冷的視線望著莫妮卡。

仔細觀察便發現，對方是位非常貌美的大小姐。即使是對美醜沒什麼概念的莫妮卡，也看得出她是個相當動人的美女。

魄力十足的美貌看得莫妮卡不禁退了幾步，這時，大小姐闔上了鋼琴蓋。

「我要回教室。可以鎖門了嗎？」

「啊，非、非常對不起，我馬上出去。」

莫妮卡把連通陽台與音樂室的門鎖上。

然後，怯怯地向正在為鋼琴上鎖的大小姐發問：

「那個，請問這間教室……平時，有在上鎖嗎？」

「音樂室的使用規則，就是去教職員室借鑰匙開門。想要使用的話，記得提出第一音樂室的使用申請書。」

莫妮卡小聲地含糊道謝，接著急急忙忙跑離音樂室。

莫妮卡的背影，一直映照在貌美大小姐那琥珀色的瞳孔中。

＊＊＊

被反覆竄改得亂七八糟，已經慘不忍睹的會計紀錄，正有如奧隆．歐普萊恩留給大家的土產。

菲利克斯正默默地重審滿是假帳的會計紀錄，這時，正在重審收據的艾利歐特帶著閒話家常的語氣開了口：

「欸，來打個賭吧。你覺得那隻小松鼠要幾天才會舉手投降。我賭三天。」

「你看她不順眼嗎？」

莫妮卡．諾頓不可靠是事實，話雖如此，艾利歐特的態度也過於露骨了。

面對菲利克斯的提問，艾利歐特用鼻子哼了一聲。

「是啊，我就是看她不順眼。不管怎麼看，她都不是貴族吧？……非貴族還敢來上這間學校，不知天高地厚也該有個限度。」

艾利歐特雖然試圖假裝得若無其事，但語調中還是透露出了發自真心的厭惡。

艾利歐特轉頭望向菲利克斯，接著說道：

「我最痛恨不知道自己幾兩重的平民。」
「嗯，我很清楚。」
進入賽蓮蒂亞學園就讀的雖然大多是貴族子女，但其實準貴族以下的也不少見。基本上只要出手夠闊綽，想入學都不是問題。
但，像艾利歐特這樣，對此現象不以為然的人也不在少數。
「話說回來你心眼也太壞了，艾利歐特。你以為面向後院的教室有幾間？要她一個插班生跑遍全部的教室調查，怎麼想都強人所難。」
「就算是這樣，也比我們自己出頭招蜂引蝶來得好吧。更別提像昨晚那樣半夜偷偷溜出房間……真教人難以想像是王族所為啊。」
艾利歐特話中帶刺地瞇起那雙下垂眼，朝菲利克斯瞪了過去。
昨晚，菲利克斯未告知任何人就單獨行動的事，想來令他相當不悅。
但，菲利克斯依然擺出稀鬆平常的表情動筆，絲毫不把艾利歐特怪罪的眼神當一回事。
「校內的問題我想盡可能私下處理啊。免得被克拉克福特公爵介入。」
克拉克福特公爵是菲利克斯的外祖父，也是王國屈指可數的大貴族。
這所賽蓮蒂亞學園，就是克拉克福特公爵傘下的學園。
萬一在校內發生了大事件，就會給克拉克福特公爵的面子蒙羞……就只有這點是絕對不被允許的。
「公爵的狗」——縱使會被人這樣輕蔑也罷，菲利克斯就是無法違背克拉克福特公爵的意志。絕對。
「最重要的是……要是我菲利克斯・亞克・利迪爾，被人當成這點小事都處理不了的廢物，那可就傷腦筋了。」

正當艾利歐特想對菲利克斯這段話說些什麼，學生會室的門外突然傳出了微弱的敲門聲。

回以一句「請進」之後，門扉便緩緩地打開，出現一道嬌小少女的身影。

莫妮卡・諾頓。高中部二年級的插班生。無論穿著打扮言行舉止，無一配得上這所學校的瘦弱少女。

在心中對這位受艾利歐特欺凌的少女投以些許的哀憐，菲利克斯溫柔地開口：

「嗨，諾頓小姐。調查有什麼進展嗎？」

才只不過經過幾小時，根本不可能有任何進展。說到底，菲利克斯打從一開始就對這種少女沒抱絲毫期待。

但這位嬌小的插班生卻搓弄著手指，以聲若蚊蠅的聲音答道：

「……我知道，誰是，犯人了。」

「啊啊～可憐的瑟露瑪，未婚夫奧隆竟然要退學了。」

「說是染上急病？哎呀～真可惜。難得當上了學生會幹部說。」

「獨自被拋棄在學園的瑟露瑪太可憐了！」

臉上絲毫感受不出同情的朋友們，正不斷向瑟露瑪細語。

朋友……沒錯，是朋友。就算她們都利用瑟露瑪來襯托自己，就算把雜事都扔到瑟露瑪頭上，只要身旁還存在冠有朋友頭銜的人，瑟露瑪就能夠安心。

因為，瑟露瑪一無所有。外表既不起眼，又沒有一技之長。但只要待在朋友身邊，就可以不必當個「一無所有的瑟露瑪」。

「我聽說，奧隆一直對三年級的布莉吉特大人傾心。」

「哎呀～明明都有瑟露瑪這個未婚妻了！」

「但也沒辦法呀。誰教布莉吉特大人真的是個傾國美女。」

和不起眼的瑟露瑪完全不同嘛——朋友在扇子底下小聲說道。

奧隆．歐普萊恩。一無所有的瑟露瑪最重視最重視的未婚夫。

就算奧隆並不愛著瑟露瑪，對瑟露瑪而言他還是非常重要的人。

（所以，非得由我來幫助他不可。能夠幫他的人，就只有我，那個人也是這麼說的……）

瑟露瑪緊緊握住戴有全新手套的拳頭。

就在這時，朋友們不約而同地抬頭起鬨，歡聲四起。

瑟露瑪見狀跟著抬頭，便看到深褐色頭髮的下垂眼青年——學生會書記艾利歐特．霍華德正朝自己走來。

「嗨，瑟露瑪．卡許小姐。抱歉打攪妳貴重的休息時間。方便賞個臉嗎？」

啊啊～這一刻終於來了——瑟露瑪默默地咬住了嘴唇。

＊　＊　＊

午休時間，距離查出花盆墜落事件的真凶已經過數小時，莫妮卡正在學生會室待命，這時，艾利歐特帶著瑟露瑪．卡許回來了。

瑟露瑪低著頭，原本就嬌小的身軀更加縮成一團。臉上的表情顯示，她對於自己為何被找來並非毫無頭緒。

蒼白的臉上洋溢著滿滿悲壯的覺悟，榛色的瞳孔陰鬱而混濁。

除了瑟露瑪，現在待在學生會室的還有菲利克斯、艾利歐特，以及莫妮卡三個人。

瑟露瑪對莫妮卡瞥了記狐疑的眼神。想必是在意莫妮卡為何會出現在此吧。

「那麼。」

菲利克斯短短一句話，便令現場氣氛瞬間大變。

就只不過是菲利克斯平時沉穩的嗓音染上了一點冰冷感，就令周遭的空氣一口氣緊繃起來。

那對溫柔的碧綠眼眸不過瞇起一些些，就改變了他笑容的本質。

單憑音色或表情就能使對手招架不住，支配整個場面。這就是所謂的王族——看著顯露怯色的瑟露瑪，莫妮卡重新體認到這個事實。

「兩天前，開學典禮前夕，在典禮會場有看板從上方朝我墜落而來。然後昨天，在後院又有花盆從我頭上落下。兩起事件手法相近。凶手肯定是同一人。」

菲利克斯以指尖咚咚地敲著桌面。

光是這樣的小動作，就讓瑟露瑪嚇得縮起肩膀。

「犯下這兩起事件的凶手是妳——這邊這位莫妮卡．諾頓小姐是這麼主張的。來，諾頓小姐。妳可以為我們說明理由嗎？」

「咦？」

莫妮卡才剛向菲利克斯與艾利歐特報告過自己的調查結果。

怎麼不乾脆殿下自己告訴瑟露瑪就好嘛。抱著這種想法，莫妮卡不情願地開了口：

「呃，看板墜落事件的現場已經被清理過了，沒辦法實地調查……不過，花盆是從哪個陽台掉下來的……這點只要觀察花盆破碎的方式與墜落地點，大致上就能推敲出來。那個花盆是從四樓的第二音樂室掉下來的。」

莫妮卡拾起粉筆，打算在黑板上寫下算式進一步具體說明，不過被菲利克斯一句「這邊可以省略沒關係」給委婉制止了。

（嗚嗚～……明明算式要我解釋多久都行的說……）

莫妮卡沮喪地放下粉筆，繼續開口：

「……既然已經知道花盆是從哪個陽台墜落的，接著就很簡單了。想進入第二音樂室必須得提出使用申請書，所以……」

「我也去確認過嘍。昨天午休時，申請使用第二音樂室的人，瑟露瑪．卡許小姐。就是妳。」

開口補充的艾利歐特，以銳利的眼神盯向瑟露瑪。

瑟露瑪始終低著頭不發一語。莫妮卡很慎重地選擇了用詞：

「陽台的柵欄旁邊，有一個弄髒的花盆以上下顛倒的方式擺著。那是身材嬌小的犯人，用來充當台階的。因為那個陽台，扶手的位置很高……」

無論是用花盆當成台階，或選擇較輕的空花盆當作凶器，都再再說明了凶手是一個力氣有限，身材嬌小的女學生。

（而且，最重要的是……）

莫妮卡望向了瑟露瑪的手。瑟露瑪手上正戴著一對全新的白手套。

在這所學園，手套也是制服的一部分。然而當莫妮卡在醫務室醒來時，瑟露瑪手上並沒有手套。

纖細雪白的手指——不知勞碌為何物的淑女之手，就算到了現在，莫妮卡仍歷歷在目。

瑟露瑪之所以沒戴手套，是因為在搬動充當台階的花盆時，把手套弄髒了。

從陽台上推下去的花盆很乾淨，髒的花盆就只有倒置的那個。

不惜弄髒手套也要把花盆翻過來，就是因為嬌小的瑟露瑪需要一個台階。

「……第二音樂室旁邊的梳妝室，有一雙沾染土漬的手套被扔在垃圾桶裡。手套上有著瑟露瑪同學名字縮寫的刺繡。」

這句話成了臨門一腳。

低頭不語的瑟露瑪當場跪了下去，舉起雙手掩住臉龐。

「是的……沒有錯，就是我做的！」

嗚咽不已的瑟露瑪，在如此嘶吼後抬起了頭。

她被淚水所濡濕的臉頰，正擠出扭曲的笑容不停抽搐。兩眼睜得老開，視點卻怎麼也對不上。

「把花盆推下去的，把看板放下去的……還有侵占學生會預算的人，全部都是我！全部全部都是我做的！教唆奧隆的也是我！他只是被我給騙了而已！所以說……啊啊，求求你們，拜託，請寬恕奧隆吧……他沒有錯。他侵占的費用，我會全部賠償的！」

面對瑟露瑪死命的哀求，菲利克斯回以哀憐的眼神搖了搖頭。

「很遺憾，我們已經查明奧隆．歐普萊恩涉及侵占預算的犯行。無論妳提出什麼主張，都無法推翻他的處分。」

「求求你……我求求你了……無論我怎麼樣都沒關係……求你饒了他……」

瑟露瑪不停啜泣，聲淚俱下地懇求，艾利歐特不由得浮現出厭惡的神情。

「為什麼妳要袒護奧隆到這種地步？那傢伙侵占來的錢又不是給妳，他是拿去進貢在其他女人身上了耶？」

即使被揭穿如此殘酷的真相，瑟露瑪仍絲毫沒有遭受打擊的跡象。恐怕她早就知道了吧。知道奧隆原本就不愛著瑟露瑪。

即使如此，瑟露瑪卻還是憎恨為奧隆定罪的菲利克斯，下手行凶，最後甚至還打算一個人扛起侵占的罪名。

這是出於愛情的獻身嗎，又或是她縱使做到這種地步也想留住奧隆的心呢，莫妮卡無從得知。

莫妮卡能夠從觀察花盆的碎片，一路導出瑟露瑪才是真凶的事實。

但，無論聽過多少發言，瑟露瑪的動機——「想獲得奧隆的愛」這份心意，莫妮卡始終都無法理解。

瑟露瑪的犯行實在過於衝動而拙劣。不僅如此，甚至傳達出一股「只要能袒護奧隆，就算自己是犯人的事穿幫也無妨」的意志。

（……為什麼，可以對他人抱持期待到這種地步呢。）

莫妮卡面無表情地望著瑟露瑪時，菲利克斯向艾利歐特發出了指示，讓艾利歐特把瑟露瑪帶往別的房間。恐怕，不久也將告知瑟露瑪，她會受到與奧隆一樣的處分吧。

確認瑟露瑪與艾利歐特都離開房間後，莫妮卡朝菲利克斯瞄了一眼。

「那、那個……那個人，會被怎麼，處置呢？」

「看板與花盆兩起事件，都是暗殺王族未遂。她與她的家族都處以極刑也是當然的吧？」

菲利克斯的口吻雖然平穩，卻十分冰冷。

莫妮卡在胸前握緊了拳頭，渾身嘎噠嘎噠顫抖不已。

由於自己識破了瑟露瑪的罪，讓瑟露瑪與她的家族都要遭受處刑。

……負責王族的護衛，就是這麼回事。

正當莫妮卡鐵青著臉低下頭，菲利克斯又將語調放得柔和了幾分接著說：

「……雖然是想這麼說，但要把瑟露瑪·卡許小姐犯下的事件公諸於世也畢竟有點難度，讓她同樣以身體欠佳為由主動退學應該比較妥當吧。」

說著說著，菲利克斯重新坐上椅子，小小嘆了口氣。

「最重要的是，看到她那種為了重視的對象豁出一切的身影……也讓我略有所思啊。」

菲利克斯細語時的碧綠眼眸，透露出一種並非看著莫妮卡，有如在眺望遠方的感覺。

莫妮卡在安心的同時，也不解地歪著頭。

「是這樣子，嗎？」

看到瑟露瑪明知可能得不到回報，卻不惜放棄一切的模樣，莫妮卡感受到的並非尊敬或感動，而是近乎於恐懼。

莫妮卡當然也抱有執著這種感情。

但，執著的對象只限於算式或魔術式。莫妮卡無法對人抱有執著。所以無法理解瑟露瑪的行動。

（……我實在，搞不太懂。）

無論如何，事件算是順利解決。如此一來，莫妮卡的嫌疑也解除了。

「那～呃，那個，我就先，告退……」

應該已經可以回教室去了吧？莫妮卡以這樣的眼神一瞥一瞥地瞄向菲利克斯。

雖已表明離去之意，但莫妮卡無意間被菲利克斯桌上攤開的資料吸引了目光。

從上頭羅列的數字可以推測，這些應該是會計紀錄。之所以會四處留有修正的痕跡，想必是為了要訂正遭奧隆．歐普萊恩竄改過的部分。

看著資料上的數字，莫妮卡的心突然雀躍了起來。莫妮卡就是有這種看著羅列數字資料就會令內心澎湃不已的習性。

……不過，莫妮卡原本正閃閃發光的雙眼，突然蒙上了一層陰霾。

「……有三處。」

看到莫妮卡凝視著資料喃喃自語，菲利克斯歪頭「嗯？」了一聲。

直到方才為止，莫妮卡都始終與菲利克斯保持距離，這會兒卻大腳快步走向辦公桌，舉起手指朝資料示意，以一股就她而言略顯罕見的強硬語調開口：

「這裡、這裡，還有這裡，這三處的數字，對不上。」

莫妮卡喜歡美麗的算式。就好比人們會讚賞並熱愛美麗的藝術品一般，莫妮卡也深愛著數學式。

正因如此，一但看到不完整的算式或計算結果對不上的會計紀錄，她就會渾身不對勁。彷彿看到完美的藝術品上染有汙漬一般，一發現計算錯誤就會讓她在意得不得了。

然後，眼前這份資料簡直堪稱汙漬連篇。

菲利克斯開口問向凝視著資料的莫妮卡。

「妳知道怎麼讀會計紀錄嗎？」

「如果是中央式，或西部標準式的話。」

莫妮卡望都沒望菲利克斯一眼，只凝視著紀錄上的數字回答。這態度就算被當作對王族不敬都百口莫辯。

但，菲利克斯卻有如被勾起興致一般，嘴角開始上揚。

「嗳，諾頓小姐。如果妳願意的話，可以幫我們重審這些會計紀錄嗎？」

聽到菲利克斯如此提議，凝視著紀錄的莫妮卡忽然抬起頭來。

「可以嗎！」

堆積在山間小屋的工作都在路易斯・米萊的安排下轉介給了他人，賽蓮蒂亞學園的授課又以語學、歷史，及教養為主。

簡單說來，莫妮卡正渴求著數字。

「跟我來。」

菲利克斯向莫妮卡招招手，將她帶往與學生會室相連的資料室。

施有美麗裝飾的上鎖架子裡，塞滿了用細繩綑綁的資料。

「最裡面的書架擺的是歷代學生名冊，旁邊是在學學生名冊，再旁邊的是教師相關資料。與活動相關的在這裡。」

菲利克斯一一說明每個架子收納的資料內容，並在最右端的架子前停下腳步。

「這個就是會記資料的架子。」

菲利克斯從上衣口袋掏出一串鑰匙，打開書架的鎖，將資料取出。

資料室設有辦公用的桌椅，菲利克斯就將資料擺在桌上。

「可以的話，我想拜託妳重審過去五年份的會計紀錄。」

「我、我明白了！」

喜形於色的莫妮卡，以雀躍無比的語調一口答應，菲利克斯於是露出俊美的笑容道出「謝謝」。雖然這笑容能將大多數千金迷得神魂顛倒，但莫妮卡睜得圓滾滾的雙眼已經被眼前堆積如山的資料給吸住不放了。

「課堂方面我會幫妳向老師通知一聲。資料的量比較大，妳只要做到能力所及的範圍就行了。」

「好的！」

就在開口回應的同時，莫妮卡已經以驚人之勢開始猛翻帳簿。

許久沒有如此幹勁全開的莫妮卡，雙眼閃動著燦爛的光芒。

＊＊＊

（……再來就——）

望著火速與帳簿展開對峙的莫妮卡側臉，菲利克斯以極為自然的態度，讓鑰匙串自口袋掉落。

鑰匙鏗鏘一聲落地，但莫妮卡沒有發現的跡象。話雖如此，由於落地的位置在辦公桌與資料架的動線上，所以前往資料架時絕對會注意到。

菲利克斯把莫妮卡留在資料室，自個兒離開現場。

然後在經過走廊轉角時，確認四下無人，輕輕敲了敲口袋。

「威爾迪安奴。」

就好似在回應菲利克斯的呼喚，一隻小蜥蜴從口袋裡靈活地竄了出來。

蜥蜴有著略帶水藍的白色鱗片，以及一對淡藍色的眼睛。

普通蜥蜴絕不可能出現這樣的色澤，這隻蜥蜴其實是與菲利克斯訂有契約的高位精靈。

「找我嗎？」

菲利克斯將手伸到口袋旁。威爾迪安奴便沿著指尖爬上手背。

接著，菲利克斯就將威爾迪安奴舉到自己的嘴邊，小聲地下令。

「請你留在資料室，替我監視諾頓小姐。」

「……你是為了這個，才故意把鑰匙扔下去的嗎？」

菲利克斯嗤嗤地笑了起來。並非王子殿下那種既祥和又溫柔的笑容，而是設下圈套的獵人笑容。

接近自己身邊，主動對會計紀錄展現好奇心的莫妮卡，在菲利克斯眼裡已經不被視為一般的女學生。預設對方是有某種目的才接近自己應無不妥。

現階段能想到的模式有三種：

一、菲利克斯的外祖父——克拉克福特公爵派來的監視者。

二、菲利克斯的父親——國王派來的監視者，或是護衛。

三、覬覦菲利克斯性命的刺客。

不過，以克拉克福特公爵或國王的手下而言，莫妮卡未免過於無能。實在難以想像，克拉克福特公爵或國王會派那種在各方面都脫線過頭的小丫頭前來。

話雖如此，要說莫妮卡．諾頓是覬覦菲利克斯性命的刺客，果然還是叫人難以點頭。一來莫妮卡好像不認得菲利克斯的長相，再者莫妮卡要真是刺客，昨晚菲利克斯溜出宿舍時就該下手了。

菲利克斯手背上的白色蜥蜴語帶保留地開口：

「莫妮卡．諾頓小姐真的只是個什麼都不知道，單純的女學生……應該也有這種可能性吧？」

「所以說，我才要測試看看。」

如果說，莫妮卡．諾頓是帶著某種目的才來到這所學校，看到菲利克斯遺落的鑰匙，肯定會想趁機搜刮資料室的資料。

「一旦諾頓小姐撿起鑰匙，開始物色無關的資料架，就請向我報告。」

菲利克斯正是因此，才向莫妮卡一一說明哪個架子裝了哪方面的資料。

謹遵吩咐——聽到這句回覆後，菲利克斯便將威爾迪安奴放到了地板上。

「那麼，我就慢慢等待放學吧。到時她肯定也露出狐狸尾巴了。」
「……要是沒有的話呢？」
面對威爾迪安奴這句提問，菲利克斯瞇起那雙碧綠色眼眸笑了起來。
「說的也是，到時候嘛……」

＊＊＊

放學後，移動者比例上升，好比前往社團活動的人，或準備開茶會的人等等。因此，走廊上的人數必然隨之上升。
在這之中，有三位女同學站在前往學生會的走廊旁對話。
對話的中心人物，是頂著焦糖色頭髮的諾倫伯爵家千金——卡羅萊．西蒙茲。
「為什麼瑟露瑪會被學生會找去呀？」
卡羅萊在扇子下表示疑惑，跟班少女們隨即壓低音量回應：
「不清楚，八成是跟奧隆有關的事吧？瑟露瑪是他未婚妻嘛。」
「嗳，雖然也覺得不可能……但學生會應該不至於，找瑟露瑪當接任的會計吧？」
聽了少女的言論，卡羅萊忍不住嗤之以鼻。那個平庸不起眼的瑟露瑪豈有當上學生會幹部的道理！
學生會幹部乃是賽蓮蒂亞學園的頂點。若非家世與成績雙雙出眾者，絕不可能雀屏中選。
更遑論現任學生會長還是王國第二王子菲利克斯．亞克．利迪爾。
利迪爾王國共有三位王子，要由哪個王子繼位，現任的國王還沒有正式明言。

目前，國內貴族圈內，推舉第二王子菲利克斯為王儲的動作可說是愈來愈大。

再怎麼說，菲利克斯背後也是有大貴族克拉克福特公爵在撐腰。第二王子派的聲勢自然是與日俱增。

只要一切順利，菲利克斯的繼位肯定指日可待。

正因如此，這所學校的千金們，每個都殺紅了眼想爭奪菲利克斯的未婚妻寶座。卡羅萊也不例外。

最重要的是，相較於粗獷的第一王子，或缺乏存在感的年幼第三王子，菲利克斯還擁有一副出類拔萃的美貌。

對菲利克斯一見鍾情的卡羅萊，只要一有空就會跑去學生會附近逗留。

三年級的菲利克斯與二年級的卡羅萊畢竟年級不同，即使同在校內，見面的機會仍寥寥無幾。所以，想見他就只能自己製造機會。

（差不多該是菲利克斯殿下通過走廊的時間了。）

今兒個一定要拉近自己與菲利克斯殿下的距離，卡羅萊正如此暗自下定決心，背後便傳來了一陣腳步聲。

心想該是菲利克斯到來的卡羅萊，抱著滿心雀躍回頭之後，映入眼簾的是一位頂著美豔金髮與完美容貌的大小姐。

學生會幹部中唯一的女學生，雪路貝里侯爵千金——布莉吉特·葛萊安。

賽蓮蒂亞學園引以為傲的三大美女之一，才貌出眾的大小姐以那美麗的臉龐面向女同學們，冷冷地開口：

「妳們擋到我了。可以讓路嗎？」

就這麼一句話，跟班少女們便難為情地低頭靠往了牆邊。卡羅萊也立刻跟進。開口的要是暴發戶男爵家那個不知天高地厚的拉娜．可雷特，卡羅萊肯定至少會回一句「妳不會自己繞邊走？」但布莉吉特的層級再怎麼說都差太多了。

成績優秀的布莉吉特，總是保持在高中部三年級的排行榜前段班。尤其在語學領域，她是可以和總合成績居冠的菲利克斯齊名的才女。容貌及家世又都無可挑剔，跟菲利克斯還是青梅竹馬。

最重要的，學生會現任幹部中唯一被菲利克斯指名的女學生，就是布莉吉特。她就是如此深受菲利克斯信賴，旁人也都謠傳，她才是最配得上菲利克斯未婚妻寶座的人。

面對這麼一位無可挑剔的完美淑女，卡羅萊除了默默低頭讓路之外，也別無他法。

貌美千金布莉吉特，對在學生會旁閒晃的女同學望也不望一眼，筆直地朝學生會室走去。

就這麼轉動門把的布莉吉特，突然一臉狐疑地皺起眉頭。她發現，門並沒有上鎖。

還以為今天自己會是最早到的——內心略感不解的布莉吉特踏進了學生會室。

室內不見人影。但有微弱的聲響自鄰接的資料室傳來。

有人在辦公的話就打聲招呼，抱著這種念頭的布莉吉特窺向資料室，接著頓失話語。

資料室有一個架子直接被挖空，資料成堆地塞在地板上。

然後後頭的辦公桌坐了一位似曾相識的淺褐色頭髮少女，正在讀那些資料。

「妳是之前到音樂室來的同學吧？報上妳的班級與姓名，是誰准許妳進來這間房間的？」

布莉吉特開口質問，但嬌小的背影完全文風不動。

「快回答我。」

即使加重了語氣，還是不見少女出現反應。

焦急起來的布莉吉特正打算繼續提高音量時，兩名男同學從背後現身了。兩人都是學生會幹部。

「喔喔，今天是布莉吉特小姐搶第一嗎……喂，這是怎樣？」

「資料全都亂翻一地了不是嗎！咦，那邊那位是誰呀？」

在布莉吉特背後大吃一驚的，是書記艾利歐特與總務尼爾。兩人都跟布莉吉特同樣是學生會幹部。

艾利歐特湊向桌邊去找那個在資料室搗亂的丫頭搭話了，看來應該是認得她。

「諾頓小姐。喂，妳在這裡幹什麼？那些是會計資料吧。這不是妳可以隨便亂看的。喂，諾頓小姐，莫妮卡．諾頓小姐，妳有聽見嗎？」

被喚作莫妮卡的這位少女，即使艾利歐特開口搭話也絲毫沒有反應，就只是默默地讀會計資料讀不停。

總務尼爾露出了困擾的表情。

「就衣著看來，應該跟我一樣是二年級……但以前沒看過她呢～」

尼爾靠近桌邊，從背後向少女搭話：

「那個～不好意思～方便向妳請教一些事情嗎～？」

果然還是沒回應，少女只是默默為資料翻頁，偶爾會在小紙片上寫下數字，夾進資料裡。她的雙眼始終聚焦在資料上，完全沒有要看往布莉吉特他們的徵兆。

艾利歐特與尼爾正不知所措，布莉吉特就忽然推開他們倆，自己朝少女走去。

然後舉起手上的扇子，狠狠朝少女的臉頰揮下。

啪！一記清脆的拍打聲響起，少女一瞬間停下了動作。

艾利歐特與尼爾都同時倒抽了一口氣，以一種看到駭人之物的眼神望向布莉吉特。

這時，布莉吉特將揮下的扇子張開，以冰冷的嗓音向少女放話：

「清醒沒？」

「……」

少女的動作雖然停滯了幾秒，但緊接著又像是什麼都沒發生似的，繼續開始翻頁。

＊　＊　＊

——好痛。

在數字的世界埋頭苦幹的莫妮卡，突然，從臉頰傳來一陣強烈的痛楚。

——痛，很可怕。害怕，很難受。

愈是疼痛，愈是害怕，莫妮卡的思維就愈是沉浸在數字的世界。

因為，只要像這樣思考數字的事情，就不必把注意力放在難受的感覺上了。

美麗的數字世界不會傷害莫妮卡。

不會向她說些過分的話，不會做些讓她疼痛的事。

所以，感受到臉頰痛楚的莫妮卡，就好似要逃避現實一般，再度投入了數字的世界。

＊＊＊

（慘啦～～～！莫妮卡那傢伙，完全失控了！）

在校舍內探險的黑貓尼洛，正從學生會的窗口外眺望著這幅光景。

包含莫妮卡被扇子賞巴掌的過程，全都盡收眼底。

（不行啦不行啦！拉她打她都只有反效果啦！對現在的莫妮卡製造恐懼，只會讓她更加深陷在數字的世界而已！）

尼洛知道讓這種狀態的莫妮卡回歸正常的方法。

簡單來說，就是肉球！

只要用肉球在臉頰按摩，莫妮卡就會回歸正常。為此，尼洛想要設法接近莫妮卡，偏偏窗口上了鎖，不得其門而入。

尼洛開始搔起窗子，喵喵喵叫個不停。

身材最嬌小的少年率先注意到了尼洛，反射性地說出「啊，貓。」另外兩人也隨即看往窗口。

（很好，就是現在！）

尼洛輕輕坐下，使盡渾身解數擺出可愛的姿勢，向室內「喵～～」了一聲。

（怎麼樣！本大爺的必殺技！渾身解數的性感動作！如此一來，這票小鬼頭馬上就要被我迷得團團轉了！）

只要擺出這個姿勢，正常人大概都會被尼洛給迷倒，開窗放他進來。

想順便幫本大爺梳梳毛、餵本大爺吃飯也行喔！尼洛還抱著這種想法得意洋洋時，拿著扇子的大小姐突然拍了下扇子開口：

「我討厭這種除了諂媚之外一無可取的生物。」

（喵、喵……喵喵——！）

尼洛暴怒了起來。可以饒恕這種事嗎。不，絕對沒有可以饒恕的理由。本大爺明明就這麼可愛！

（誰～～～是除了諂媚之外一無可取的生物啦，區區一個人類小丫頭也敢胡扯～～！要不就讓妳瞧瞧本大爺的真本事怎麼樣～～～～！）

喵吼～喵吼～任憑尼洛再怎麼嘶吼踏窗，莫妮卡也沒有注意到尼洛。

果然，要讓莫妮卡回歸正常就只有肉球按摩一途。

（別～廢～話～了～快～開～窗～！讓我對她肉球按摩～！）

就在尼洛嘎哩嘎哩亂摳窗戶時，又有兩個人來到了資料室。

那是莫妮卡的護衛對象——身為學生會長的第二王子，以及像是側近的銀髮青年。

頂著閃亮金髮的第二王子環視了一番資料室，開口問道：

「嗨，這是在吵什麼呀？」

＊＊＊

菲利克斯進入資料室後做的第一件事，是確認鑰匙的狀況。

（……還是掉在原來的地方。）

維持自然的態度望向其他架子，也沒發現被亂翻過的痕跡。整個被挖空的，就只有裝會計紀錄的資料架。

先前潛入資料室監視莫妮卡・諾頓一舉一動的蜥蜴威爾迪安奴，開始爬上菲利克斯的衣服。

總算抵達肩頭的威爾迪安奴，用其他幹部聽不見的音量低語：

（她從午休到放學的數小時，就只是一直專注地重審紀錄。）

（……嗯哼～？）

菲利克斯拾起擺在腳邊的其中一本資料，翻了翻內頁確認狀況。

二十四年前的會計紀錄，在需要修正的頁面夾了紙片記載對應項目的正確數字。其他年份的資料也一樣。

菲利克斯在確認資料時，副會長希利爾以懷疑的眼光望向了莫妮卡。

「她是方才在樓梯那邊的……？跑到這種地方來做什麼……」

「樓梯？希利爾，你認得這位諾頓小姐嗎？」

被菲利克斯這樣問起，希利爾曖昧地點頭，只回了句模稜兩可的：「嗯，還好。」

而莫妮卡對這些對話毫無任何反應，就只是不斷默默地動手。

菲利克斯這才注意到，莫妮卡的右臉腫腫的。

「……她的臉，是怎麼了？」

「是我稍微處罰了下，無禮者必須管教。」

布莉吉特以張開的扇子遮嘴，若無其事地答覆菲利克斯的提問。

原來如此，看來是莫妮卡的態度激怒了她。

菲利克斯以戴著手套的指尖輕觸莫妮卡的臉頰。莫妮卡果然還是連眼睛都不眨一下。

「是我託她幫忙重審會計紀錄的。」

向學生會成員們說明的同時，菲利克斯攤開夾了訂正紙片的頁面，試著心算驗證數字。

原來如此，的確如莫妮卡所訂正的，原本的內容有缺失。

（……可是，她竟然有辦法把過去的紀錄全部重審。）

這下就連菲利克斯也不得不大吃一驚……上次為了某件事驚訝到這種程度，究竟是多久以前的事了呢。

為此略為感動的菲利克斯，輕輕拍了拍莫妮卡的肩膀。

「諾頓小姐，辛苦妳了。妳差不多可以休息嘍。」

莫妮卡沒有回應。

「諾頓小姐。」

菲利克斯稍稍用力搖動莫妮卡的肩膀，沒想到，莫妮卡竟然舉起右手，一副少來煩我的態度，拍開了菲利克斯的手。

學生會成員一陣騷動。尤其誓死效忠菲利克斯的希利爾更是當場震怒，太陽穴青筋暴現地釋放起冰之魔力。

希利爾在面對女學生時，基本上是一位彬彬有禮的青年，可一旦對方的行徑危及菲力克斯，便不在此限。

「臭丫頭——！膽敢對殿下擺出如此無禮的態度！妳罪該萬死！」

希利爾在怒吼的同時已經展開詠唱，菲利克斯趕緊起手制止他。

現在的莫妮卡把所有意識都投注在計算上。先前那麼察言觀色，不斷注意菲利克斯臉色的少女，現在對這兒連看都不看一眼。

一股小小的好奇心，刺激著菲利克斯的胸口。

菲利克斯的雙唇浮現一抹淡淡的笑容，以手指添上莫妮卡的臉頰，朝她紅腫的臉龐獻上一吻。

就在學生會成員頓失言語，莫妮卡的動作也同時停滯了下來。只不過，她的視線依然緊緊盯在資料上。

「……尼洛，等一等……再一下下就結束了……」

「尼洛？」

當菲利克斯歪頭表示不解時，莫妮卡細瘦的肩頭突然猛縮，手中的羽毛筆也應聲摔落。

不久，她全身都開始嘎噠嘎噠地打顫，小小的腦袋慢慢轉往菲利克斯的方向。

「喋喋喋喋喋喋、電、電、喋電……」

「嗯，反應真不錯。」

菲利克斯笑著調侃發出一長串怪聲的莫妮卡，她隨即摔下椅子，順勢跪拜在地面上。

「非、非非、非常抱歉，方才失禮……呀嗚？」

看來還在最後咬到了舌頭。

莫妮卡遮著嘴巴泣不成聲地喊著「好鬨喔～」

感覺自己就像在觀察一個不可思議，令人開心的生物似的，菲利克斯伸手輕輕摸了摸莫妮卡的頭。

「把頭抬起來吧？妳是全心全力想要達成我的要求對吧？根本沒什麼好責備的。」

「噫……是、是的～……」

莫妮卡哭哭啼啼地吸著鼻子點頭，這時，艾利歐特隨著一句「欸，殿下～」插起了嘴。

「殿下下令要這隻小松鼠重審紀錄嗎？」

「是呀，雖然我只請她重審過去五年份的紀錄……真沒想到，這麼短短幾小時她竟然就把過去的紀錄全檢查完了。」

講到這裡，菲利克斯突然收口，向正在啜泣的莫妮卡露出笑容。

「諾頓小姐，妳看過這些會計紀錄，有什麼想法？」

「咦，呃……那個……」

「我不會生氣，坦率表達妳最直接的想法就好。」

在菲利克斯柔和的嗓音督促之下，莫妮卡忸忸怩怩地搓著手指回答：

「……明明管理的金額大到嚇人，管理卻也鬆散得嚇人，我真的嚇壞了。」

「臭丫頭──！」

希利爾憤慨地怒吼，莫妮卡只得抱頭哭訴著：「明明說好，不會生氣的～……」

菲利克斯嘴角浮現了淡淡的微笑，環視學生會成員一圈。

「這就是歷代學生會的現實。就連我都無法立刻識破奧隆．歐普萊恩的舞弊……為了活用這次的經驗，我現在在此宣言──」

面向縮成一團哽咽的莫妮卡，菲利克斯牽起她的手高舉。

「我任命高中部二年級的莫妮卡．諾頓小姐為學生會會計。」

下一瞬間，莫妮卡直接翻起白眼，癱倒在地。

窗外的黑貓喵喵喵地吵個不停。

＊＊＊

「喂，莫妮卡。快醒來，喂。」

尼洛的聲音傳進耳裡。此外，還有肉球壓在臉上的柔軟觸感。

微微張開眼睛的莫妮卡，發現自己被人擺在一張乾淨的床上。

床的周圍被簾子給隔開，稍微帶了點消毒水的味道。

天花板似曾相識。這裡是花盆事件後自己被送往的醫務室。

在床上翻過身來，就看到尼洛正坐在床邊。醫務室嚴禁動物進入，肯定是偷偷從窗戶溜進來的吧。

「……尼洛，聽我說。我剛剛，作了很驚人的夢。我夢到自己被任命為學生會會計……」

「儘管吃驚吧，莫妮卡。那不是夢，是現實。」

如此回應的尼洛，用前腳戳了戳莫妮卡的領口。

莫妮卡的領口別著一只似曾相識的胸針。那是菲利克斯及其他學生會幹部同樣都別在領口的，學生會幹部的象徵。

莫妮卡從床上仰起上半身，凝視著自己的領口。

「這、這這、這個是……？」

「那個閃亮亮王子幫妳別上去的。人類啊，真～的就是喜歡這種把戲呢。所謂，權力的象徵啊。」

尼洛不停點頭稱是，用肉球怦怦地敲著莫妮卡的大腿。

「無論如何，這不都是大功一件嗎。如此一來，妳就可以名正言順地以學生會幹部的身分，大大方方待在王子身邊了。」

「是、是這樣……沒錯，但……」

考慮到必須暗中護衛第二王子，能被任命為會計確實是相當開心的喜訊……但，莫妮卡這種不起眼的小丫頭獲選成為學生會幹部，想也知道會有人心生不滿。

當時，莫妮卡幾乎是整個人趴在地上，所以沒有看到學生會全體成員的臉。即使如此，光是跪拜在地上，都能硬生生感受到學生會成員們冰冷的敵意。尤其副會長希利爾．艾仕利更是給人一種隨時都會忍不住放一兩道攻擊魔術的感覺。

「絕、絕對，會被人欺負啦……會、會被人，在鞋子裡放圖釘；藏起筆記用具；在制服上潑水……不要～我不想到教室去了～～～～……」

「喔，這些情節，我有在小說看過呢！真的會有人這麼幹嗎？」

「為什麼你感覺有點期待啊？」

莫妮卡悲痛地大叫時，尼洛突然豎起了耳朵。

「喂，莫妮卡，有人來了。」

說著說著，尼洛俐落地躲到了病床下。

有人來，會是誰來呀？醫務室的職員嗎？

莫妮卡還在思索，圍著病床的簾子就被掀開了。

掀開簾子的人不是醫務室職員。是菲利克斯。

莫妮卡反射性地抓起棉被把自己從頭包起來。此舉有多失禮她再清楚不過，偏偏身體就是自顧自地動了起來，她也沒辦法。這就是所謂的防衛本能。

而菲利克斯也沒露出不悅的神色，反倒笑得像是被逗樂了似的。

「喔喔，妳已經醒了嗎？恕我沒先出聲就掀開了簾子。本以為妳還在睡呢。」

「不、不會，沒沒沒沒沒……」

「咩咩咩？」

「沒沒、沒有的，事……」

莫妮卡臉色慘白地擠出回應，笑著答覆「是嗎」的菲利克斯感覺有點開心，接著，他竟然坐到莫妮卡的床邊，翹起了二郎腿。

盡可能想與菲利克斯保持距離的莫妮卡，就這麼包著棉被往另一端移動到極限……然後失去平衡，從床上摔了下去。

「呀啊！」

幸虧有棉被包著才沒受傷，但仔細一想，今天也從樓梯上摔下來過，好一個不斷摔倒的日子。

躲在病床下的尼洛，露出一臉「妳在搞啥啊」的表情望向正在地板上抽噎啜泣的莫妮卡。

乾脆自己也躲到病床下面算了。才剛浮現這種想法，菲利克斯便朝莫妮卡開了口：

「小松鼠小姐，瞧妳用棉被把自己包成這樣……已經開始在準備過冬了嗎？」

「是、是的，沒沒沒沒錯，那個，今天，還真是，非常、非常地冷呢……」

順帶一提，現在是夏末秋初，氣候十分宜人的時期。

但莫妮卡還是緊緊握著棉被，死命主張自己會包著棉被是出自怕冷。

沒想到，菲利克斯竟伸出自己的手，包住了莫妮卡握著棉被的手。

「這樣啊，真可憐。那可得好好溫暖妳一番才行。」

莫妮卡立刻放開棉被起立，向後踏步拉開與菲利克斯的距離……但，不熟練的向後踏步讓她不慎踩空，「嗚呀啊！」一聲跌倒在地。

再度與床下的尼洛四目相交。好想哭。

話雖如此，也不能就這麼一直趴在地上，莫妮卡動作笨拙地起身，躲在病床後抬頭望向菲利克斯。

「那、那個，殿下……」

「想叫學生會長還是菲利克斯都無所謂，挑喜歡的方式叫就好。妳從今天起就同是學生會的夥伴了呀。」

菲利克斯的發言將莫妮卡拉回了現實。

莫妮卡用手指夾住領口的胸針，渾身打顫地向菲利克斯說道：

「會、會計的責任，對我而言實在，太過，重大了。」

「對我的安排感到不滿嗎？」

單是在語調中混入些微的冰冷，威壓感就明顯地強上好幾倍。

莫妮卡猛搖頭，幾乎要把頭給甩飛，菲利克斯隨即牽起莫妮卡的手，笑道：「那麼，就沒什麼問題嘍。」

然後，他將莫妮卡的手掌向上翻，在掌心擺上某個東西。那是用大量樹果烘焙而成的烤甜點。

「這是今天的獎勵。妳很努力呢。」

「不、不敢當……唔咕。」

甚感惶恐的莫妮卡，被菲利克斯把甜點放進了嘴巴。

這麼一提，今天還沒吃中餐嘛。回想起這件事的莫妮卡，不發一語地開始咀嚼甜點。

在略硬的餅乾上盛了以蜜汁固定的樹果，這種味道她從未品嘗過。又是一種難以言喻的美味。

一度開始用餐，莫妮卡就會忍不住把精神集中在餐點上，這種習性讓她連想開口回絕會計一職都忘了，只顧著享受咀嚼甜點的感覺。

「好吃嗎？」

菲利克斯一臉愉悅地問道，莫妮卡塞著滿嘴的甜點不停點頭。

在這樣的莫妮卡掌心擺上追加的甜點後，菲利克斯靜靜地從床上起身。

「好好加油的話，會再給妳更多獎勵喔。」

明天見——菲力克斯向莫妮卡揮手致意，離開了醫務室。

被獨自留下的莫妮卡，待吞下口中的甜點，才總算回神過來。

「啊啊啊啊啊，會計的工作，沒有回絕成功啦～～～怎麼辦，尼洛～～～～」

「妳啊……手上握著甜點講這種話，也沒半點說服力喔？」

莫妮卡一邊啜泣，一邊將甜點收進口袋。

（啊，對了……）

莫妮卡伸手按上微腫的臉龐，擺出嚴肅的表情望向尼洛。

「尼洛，聽我說。我不小心得知殿下的重大祕密了。」

「是什麼？那個王子的弱點嗎？」

尼洛左右晃著尾巴，眼中閃閃發亮，莫妮卡一臉正經地點頭，緩緩開口：

「殿下他……………………其實有肉球。」

尼洛斬釘截鐵地回答。

「有才怪。」

「可、可是，剛才在資料室，我就感覺臉頰有肉球貼上來，結果一回頭就看到殿下……」

莫妮卡摸著臉頰強調時，尼洛以認真到反常的態度告訴她：

「忘了吧，莫妮卡。懂嗎，把那時候的事忘掉。」

「咦？喔，嗯？」

＊　＊　＊

菲利克斯返回宿舍，進到自己房間後，白蜥蜴威爾迪安奴立刻靈活地從口袋竄出來。

威爾迪安奴在著地的同時，身邊也冒出淡淡的霧，變身成一位髮色與鱗片相近的青年。

一位五官雖然端正，卻感覺有點缺乏存在感，略顯陰沉的青年。

他身上穿的是做工精細的侍從服。一頭略帶水藍色的白髮全向後梳，那是人類不可能與生俱來的色澤。

變成人形的精靈威爾迪安奴恭敬地鞠躬，幫菲利克斯退去上衣。然後將上衣掛在衣架上，語帶保留地開口：

「……這樣好嗎，主人？」

威爾迪安奴問的是什麼自然不用說……肯定是把莫妮卡．諾頓任命為會計的事吧。

菲利克斯坐上沙發，輕輕聳了聳肩。

「我故意遺落在資料室的鑰匙，她連碰都沒碰。你不也看到了嗎？既然如此，我想不出有什麼該處罰她的理由。」

莫妮卡暈倒後，菲利克斯把資料室的資料大致上確認了一遍，莫妮卡每則訂正都是正確的。整整七十四年來的紀錄，莫妮卡在短短數小時內就全部修正完畢。以會計而言，她的計算能力絕對無可挑剔。

「當然，我也不認為她只是個普通的女學生喔。她肯定是因為某種緣故才跑來與我接觸的吧。」

就現階段來說，還無法全盤弄清莫妮卡．諾頓究竟所屬於哪方勢力，是抱著何種目的才來接近菲利克斯。

不過，菲利克斯很確信她有某種隱情。

仰躺在沙發上的菲利克斯，稍微歪著頭仰望起威爾迪安奴。

「你想問的是，明知她不是普通女學生，為何還要選她作會計對吧？」

「……是的。歸根究柢，前會計奧隆．歐普萊恩的舞弊，主人明明打一開始就察覺了不是嗎？」

話雖如此，僅僅一兩次的犯行仍無法處以嚴罰，所以才刻意整整一年間放任他恣意妄為。就只為了能確實地將奧隆．歐普萊恩逐出這所學校。

「明明作到這種程度，才總算把奧隆．歐普萊恩逼到退學的……何以又選上她來接任？」

面對侍從的質疑，菲利克斯並未馬上回答，而是將手伸向擺在矮桌上的西洋棋盤。接著從棋盤上拾起白棋士兵，在手中轉著把玩。

「這是場遊戲啊，威爾。」

「……遊戲，是嗎？」

「沒錯。要怎麼飼養這隻膽小的小松鼠，讓她放下戒心，托出企圖……就是這樣的遊戲。」

菲利克斯將士兵應聲擺回棋盤上，期待不已地瞇起眼睛。

「你也看到了吧？她對我，完～全沒有一丁點興趣呢。甚至比起我來，彷彿《沙姆叔叔的小豬》來得更有魅力。」

「這、這就……」

一心一意專注在資料上的莫妮卡，根本就絲毫都沒把菲利克斯放在眼裡。

在醫務室試著與她拉近距離，她甚至一臉鐵青地從病床上跌落。

那可不是什麼隱瞞害羞的反應。是打從心底恐懼。

「可是，選任王儲的時期將近，遊玩過度恐怕……」

「威爾迪安奴。」

威爾迪安奴當場立正挺胸，菲利克斯帶著歌唱般的語調開口接著說：

「我的人生啊，直到選出王儲為止，都已經是餘生了。既然如此……可以稍微讓我開心一下吧？」

菲利克斯眼神稍微黯淡了下來，嘴角浮現出一抹單薄的微笑。

知曉菲利克斯心願的威爾迪安奴，恭敬地折腰敬禮。

「……一切，都謹遵吾主吩咐。」

菲利克斯滿意地點頭，將白棋皇后移往棋盤邊緣。

「啊，話說回來，昨晚溜出去夜遊算是個失敗吧。沒想到會被諾頓小姐目擊……雖然拿誘餌搜查當藉口蒙混過去了就是。」

昨晚，菲利克斯之所以在外頭閒晃，並不是為了要誘出暗殺未遂事件的犯人。

是為了溜出宿舍，為了外出。真正的目的，連對艾利歐特都要保密。

「那隻小松鼠眼睛意外地靈光呢……夜遊恐怕得暫時緩緩了。」

「還請就這麼戒掉夜遊吧。」

「說得也是，不然就來思考該怎麼飼養那隻小松鼠解悶吧。」

菲利克斯嗤嗤地笑著，用手指彈了下白棋士兵。士兵就這麼滾倒在棋盤上。

就好像，從病床上滾落的莫妮卡一般。

✦ 第八章　睫毛的力學

「唉～真是的……搞不懂殿下到底在打什麼主意。」

嘮叨不停的學生會副會長希利爾．艾仕利正在重審資料室的資料。

實際上，菲利克斯倒也沒有下令要他重審資料。其他學生會幹部們也都各自回宿舍去了。

希利爾之所以自主留下來檢查，純粹是因為信不過莫妮卡．諾頓。

菲利克斯雖然說莫妮卡已經把過去的資料全都校核過了，但從午休到放學也不過短短幾小時，根本不可能全都仔細檢查過。

一定有哪邊弄錯了——希利爾殺紅了眼想給莫妮卡的成果挑毛病。

但他愈是核對，就愈是深深體認到——

莫妮卡的成果是完美的。就連希利爾自己也漏看的數字小疏失，她都正確地指了出來。

到這種地步，他也不得不承認莫妮卡的計算能力之高強。不得不承認，可是……

「……真教人不快。」

身為第二王子的菲利克斯主動向她開口，她卻膽敢無視，只顧埋頭在資料裡，這是什麼態度！是對王族的何等不敬！

回想著當時的光景，滿肚子不痛快的希利爾，正打算收拾資料時，無意間注意到一件事。

（……這些數字的，筆跡——）

在莫妮卡校核下挑出的多項疏失。

疏失的數量，以某年度為界線，顯現出上升的趨勢。

被補上正確數字的項目，原先留有的筆跡，希利爾心裡有底。

以左撇子特有的，右傾字跡寫成的數字。

（……難道說，但是，不，莫非……）

希利爾反覆觀看資料，最後默默站了起來。

為了掃除疑慮，他帶上那份資料，離開了學生會室，朝…………走去…………

「……？」

在學生會室大門前，希利爾回復了意識。

等等，自己原本是在做什麼？

（對了。得快把門上鎖，帶著學生會室的鑰匙去還給松禮老師才行。）

希利爾手上握著學生會室的鑰匙。但是當他低頭望向自己掌心的鑰匙時，卻感覺怪怪的不太對勁。

原本手上拿著的東西不是鑰匙吧？應該是某項資料吧？對了，自己是注意到資料上的某種異狀，然後……

「……唔！」

腦袋突然一陣痛楚，令希利爾手按額頭靠在門上。

自己一定只是累了。肯定是疲勞導致的恍神而已。

（……今天早點休息吧。）

按著隱隱作痛的頭，希利爾朝教師辦公室邁出了腳步。

＊＊＊

「妳這種跟伯爵家之恥沒兩樣的東西竟然當上學生會幹部，妳該做何解釋？還不給我從實招來！妳到底給殿下灌了什麼迷湯！」

柯貝可伯爵千金——伊莎貝爾・諾頓這段嘶吼，別說是響徹房間，甚至在走廊都聽得見。緊接著，她抓起茶杯扔在地板上。

陶器摔破的鏗鏘聲，教莫妮卡不禁「噫」地抽了口氣。

砸了茶杯還不夠，伊莎貝爾這會兒抱起擺在床邊的玩偶，高高舉起並反覆甩向牆壁。

清澈的撞擊聲砰砰砰響個不停。

「哎呀～怎麼，眼神挺叛逆的嘛？還不明白自己的立場是吧？那敢情好，我這就讓妳用身體牢牢記住！」

語畢，伊莎貝爾費盡九牛二虎之力，把玩偶重重砸在牆壁上，擺出一副清爽的表情擦拭額頭的汗水。

臉上洋溢著滿滿的成就感，有如剛結束一份工作的工匠似的。

「就反派千金而言，大概就這種感覺吧？」

「呃、呃——……」

正當莫妮卡不知該做何反應時，已經收拾好破茶杯的伊莎貝爾隨身侍女艾卡莎帶著笑容點了頭。

「真不愧是伊莎貝爾大小姐，反派千金演得太出神入化了！」

「對吧？對吧？尤其『我這就讓妳用身體牢牢記住』的部分，還是特地引用自最新一集的呢。」

「呀～！我有看我有看！是伯爵千金舉起叉子想弄傷女主角臉頰，王子在千鈞一髮之際跑來搭救那段對吧！」

「沒錯沒錯！那一段真的是太精采太精采了！」

話題對上的伊莎貝爾及侍女聊得火熱，跟不上她們的莫妮卡小口小口地啜飲著自備的紅茶，開口插了嘴：

「那、那個……把茶杯摔破，再怎樣還是有點……過火吧……」

莫妮卡瞥了瞥摔得稀巴爛的茶杯，伊莎貝爾則是得意地挺起胸膛。

「沒問題，這是原本就有裂痕的！我正是為此特地儲備了許多有缺損的餐具呢！」

「是、是這樣嗎……」

「這邊有個竅門喔，摔茶杯的時候為了能摔得響亮，一定要避開地毯，瞄準堅硬的地板砸下去才行！」

面對連這種小細節都顧得莫名周到的伊莎貝爾，艾卡莎笑容滿面地拍手，誇讚：「真不愧是大小姐！有夠精通表演的門道！」

已定案就任學生會會計的莫妮卡，在當天晚上造訪了任務協助者——伊莎貝爾的房間，回報自己獲選為會計的消息。她覺得姑且還是要跟協助者共享情報比較妥當。

結果，伊莎貝爾開心到就像自己的事情似的，還主動開口邀莫妮卡「一起來舉辦慶功的茶會吧！」

家境富裕的伊莎貝爾不只能住單人房，還帶了三位侍女一起入學。其中以艾卡莎最為年少，似乎還身兼伊莎貝爾的書友。對於協助伊莎貝爾的「反派千金扮演秀」更是表現得求之不得。

（自、自己服侍的大小姐被當成反派還這麼開心，沒問題嗎～……）

看到伊莎貝爾與艾卡莎好似打從心底樂在其中，莫妮卡不由得頭痛了起來。

要是有人碰巧經過這房間附近，肯定會誤以為莫妮卡正在伊莎貝爾房間遭到嚴酷的責罰吧。

但，這不會讓伊莎貝爾的校內評價一落千丈嗎？

絲毫沒把莫妮卡這份操心當回事的伊莎貝爾，把玩偶擺回原本的位置，以極其優雅的姿勢坐回椅子上。

「那麼，藉這個機會……莫妮卡姊姊。再次恭喜妳，順利就任學生會會計。沒想到才入學短短兩天就獲選成為學生會幹部……果然，姊姊果然不同凡響啊～！」

雙手掩臉的伊莎貝爾正歡欣鼓舞個沒完，艾卡莎就在嘴唇上豎起指頭，朝走廊望了望。

「大小姐，噓——聲音太大了。會被走廊上的人聽見。」

「啊，妳說得對。那麼，恕我放低音量……姊姊，真的是恭喜妳了。我真的好開心，就像獲選的人是自己一樣。」

莫妮卡無心地把玩著茶杯，小聲地回覆：「非常謝謝妳……」

伊莎貝爾優雅地舉起茶杯就口，啜了一口紅茶，露出高雅的微笑。

瞧那笑容與舉止，實在難以想像跟方才亂甩玩偶的是同一個人。

「姊姊，若是校園生活有什麼讓妳困擾的地方，無論是什麼問題，都請儘管向我開口。我保證……會在表面上扮演反派千金，華麗地妨礙姊姊的同時，私下盡其所能地協助姊姊。」

在妨礙的同時給予協助，到底會是怎樣的狀況呀……內心雖然如此疑惑，莫妮卡還是姑且點點頭。

伊莎貝爾的反應雖然也很教人頭疼，但比她更棘手的是同班同學。

要是自己成了學生會幹部的事情被大家知道，真不曉得會遭到怎樣的側目。

想到這裡，明明一點都不冷，卻莫名打起了寒顫。就在莫妮卡發抖喝著紅茶時，伊莎貝爾留意到了她的頭髮。

「這麼一提，姊姊。妳那髮型……好像，和以前看到的不大一樣呢。」

「呃，這個是……同班的女生，幫我，梳理的……」

「真是非常可愛呢，很適合姊姊！……艾卡莎，也幫我弄成一樣的髮型！」

聽到伊莎貝爾的要求，艾卡莎微笑著告誡一聲：「不行喔。」

「大小姐，反派千金是不會和自己欺負的大小姐留同樣髮型的喔。」

「唔唔……那麼那麼，就在沒人會看到的假日偷偷弄！」

「是，到時我艾卡莎必定更加琢磨自己的手藝，為兩人打理出成對的可愛髮型。」

艾卡莎這番話，讓伊莎貝爾興高采烈地大喊：「約好嘍！」

望著兩人的對話，莫妮卡在腦中思考拉娜的事情。

伊莎貝爾很替莫妮卡當上學生會幹部開心，但那是因為她是莫妮卡的協助者。

大多人恐怕都覺得莫妮卡不配當學生會幹部，而對此感到不快吧。

就連幫莫妮卡編頭髮的拉娜，一旦得知莫妮卡成了學生會幹部，唯恐不會浮現「太得寸進尺

賽蓮蒂亞學園 1年級
伊莎貝爾・諾頓

了……」的念頭而討厭起莫妮卡。

（……好不想這樣喔。）

能夠當上學生會幹部，就執行任務而言是一樁喜事。

就算這麼說服自己，可一旦想像了拉娜冰冷地瞪著自己的畫面，莫妮卡就一丁點都無法為了獲選就任感到開心。

＊　＊　＊

莫妮卡被任命為學生會會計的騷動隔天，打從莫妮卡踏出房門的那一刻起，就不出所料地遭受到四面八方投以好奇的視線。在宿舍如此、上學途中如此，連在教室也不例外。

看來，莫妮卡當上學生會新幹部這件事，已經成了眾所皆知的事實。

坐在自己位子上的莫妮卡，無心地擺放筆記用品，回想著昨天發生的事情。

昨天正可謂有如驚濤駭浪的一天。

先是被艾利歐特找去，並奉命尋找花盆墜落事件的犯人，又在調查過程中滾落樓梯，還在音樂室邂逅一位貌美千金。

然後順利查出花盆墜落事件的犯人，開心校核會計紀錄之後，不知怎地就被任命為學生會的會計。

就負責護衛菲利克斯的身分而言，能成為會計是偶然的幸運。但，討厭引人注目的莫妮卡，實在沒法老實為此感到開心。

直到昨天為止，落在自己身上的都還是對鄉下土包子的輕蔑視線，今天則明顯轉變成了夾雜著嫉妒的惡意，再不情願也感受得出來。

有如拿針刺痛肌膚一般的惡意與敵意。由不滿與嘲笑交織而成的竊竊私語。

（好想走掉……）

正當莫妮卡哭喪著臉坐在位子上思考這些事情，突然有人從背後拍了自己的肩膀。

莫妮卡當場為之一顫，全身嘎噠嘎噠抖個不停。

連回頭都害怕。一定是有人要把自己叫出去。要被人找去校舍後面潑水了……就在莫妮卡滿腦這種念頭，眼淚都快要奪眶而出的時候，辮子突然被人硬生生扯了一把。

「噯，等等。今天怎麼還是這髮型？」

一臉掃興地瞪著莫妮卡的人是拉娜。今天的她認真地上了妝，在精心打理的髮型上還插了華麗的髮飾。

至於莫妮卡，今早光是想到要上學就憂鬱得不得了，內心根本沒半點餘地容得下她練習新髮型。愈是這種時候，她的衣著打扮就愈是隨便，連麻花辮都綁得比平時更雜亂無章。

看到拉娜滿臉不悅地皺眉頭，莫妮卡趕緊開口道歉：

「對、對不起，我沒能……好好練習……那個……」

「這跟妳昨天，被找去學生會的事有關嗎？」

「……」

「我聽到傳聞說妳當上了學生會幹部，是亂講的吧？」

象徵自己是學生會幹部的幹部章，莫妮卡現在沒有別，只收在口袋裡。

莫妮卡無意識地從衣服上摸起口袋時，拉娜鬧彆扭地嘟起了嘴巴。

「怎樣啦，已經連話都不想跟我說了是不是？」
「不、不是……不是的……那個…………我、我……」
莫妮卡低著頭，結結巴巴地欲言又止，拉娜始終盯著莫妮卡不放。
一定是自己惹拉娜不高興了。
莫妮卡正暗自消沉，拉娜便低聲咕噥了起來。
「……昨、昨天的，那個……」
「咦？」
「雖然不是我出手推妳的，但畢竟是我開口去挑釁卡羅萊……所以說，那個……妳、妳沒有，受傷吧？」
這麼說起來——莫妮卡這才想起，昨天自己被捲進卡羅萊與拉娜的口角，從樓梯上一路滾下去。
說實話，一會兒找花盆事件的犯人，一會兒重審會計紀錄，讓她早就把這件事忘得一乾二淨，不過拉娜似乎一直為此相當掛心。
「……謝謝妳，這麼擔心我。呃，我沒受，什麼傷。很平安，沒事。」
拉娜用鼻子哼了一聲。臉頰浮現了些許紅暈。
就好像要掩飾這點似的，拉娜撥起了她的亞麻色秀髮，再把梳子掏出來。
「拿妳沒辦法，今天也來幫妳造型啦。」
「……欸嘿。」
「傻笑個什麼勁啦！好好學會自己綁行不行？」
「……嗯，好。」

就在莫妮卡湧現莫名幸福的感覺點頭時——
「喔～昨天的髮型是朋友幫妳打理的呀？」
這道柔和又甜美的嗓音，是昨天已經聽到不想再聽的聲音。
拉娜一臉驚愕的表情。也不只是拉娜，教室裡無論是誰都注視著那名人物。
莫妮卡一臉慘白地回過頭來，隨即與望著自己微笑的菲利克斯四目交接。
透出朝陽光線，閃閃發亮的柔軟金髮，搭上神祕的碧綠眼眸。如此端正的五官，引發女同學們一陣嬌呼尖叫。
比較守分寸的同學雖然沒出聲，也不免如痴如醉地向菲利克斯投以熱情的視線。拉娜在震驚之餘，也同樣望著菲利克斯的美貌看傻了眼。
「嗨，早啊。」
「早、早安……請……請多多，煮教……」
「抱歉一早跑來打攪啊。想說要把學生會幹部的行程表交給妳。」
菲利克斯的發言引起周圍一陣騷動。就連拉娜都睜大了眼睛凝視著莫妮卡。
（……好想馬上從這裡消失。）
菲利克斯將寫有行程表的紙交到臉色慘白的莫妮卡手上，接著伸出指頭撫弄著莫妮卡的領口。
「哎呀，幹部章呢？妳沒別上嗎？」
「啊，咦，呃……」
莫妮卡側過頭去想打馬虎眼，卻被菲利克斯揪起下巴硬是轉回來。
「拿出來我看看？」

莫妮卡害怕地拿出幹部章，菲利克斯隨即接過徽章，親手別在莫妮卡的領口。

「不可以隨便拔下來喔？妳是光榮的學生會幹部之一。得表現出應有的風範才行。」

啊啊，真不想當什麼學生會幹部。雖然不想當，但為了護衛任務，也只有硬著頭皮上了。

只是就算如此，來自周圍的視線還是教人渾身不自在。

（……好可怕～）

不管怎麼說，菲利克斯實在好近。太近了。

為了逃避現實，莫妮卡開始數菲利克斯到底有幾根睫毛。

一根、兩根、三根、四根……這些睫毛不僅色澤比毛髮深了些，還長得嚇人。不曉得撐得住幾根火柴棒。兩根……不，說不定可以擺個三根左右。

在細數睫毛數量的同時，莫妮卡開始同步思考要動用幾根睫毛，才能支撐住火柴棒。每根睫毛的強度、生長方式與密度，還有睫毛的角度都很是關鍵因素。

就在現實逃避得漸入佳境時，眼前細長的睫毛忽地向上抬起，碧綠色瞳孔散發惡作劇般的光采，映出莫妮卡的身影。

「怎麼了，看得那麼入神？」

「……火、火火、火柴棒……」

「嗯？」

「我在思考，要擺上，火柴棒的話，怎樣的，睫毛角度，才最合適。」

屏氣凝神觀望兩人對話的同學們僵成一片，連拉娜都不禁臉色發青地喊著：「喂，笨……」

不過，菲利克斯卻只是隨著肩膀起伏嗤嗤地笑，把手抽離莫妮卡的領口。

「頭髮，妳就請朋友幫忙弄可愛點吧。昨天那造型，挺可愛的喔。蝴蝶結也十分適合妳。」

用手指稍微摸了摸莫妮卡的頭髮後，菲利克斯彈指眨了眨眼睛。

「那，咱們放學見。到學生會室碰頭。」

留下這句話，菲利克斯便離開了教室。

莫妮卡低下頭，緩緩喘了口氣。

累壞了。明明才一大清早，卻感覺累得不成人形。好想就這麼回房去，一頭鑽進被窩裡……還在想著這些事情，就看到拉娜不停掏出梳子、髮夾等用具一一擺在桌上。

而且雙眼閃爍著燦爛的光芒。

「那、那個……？」

莫妮卡忐忑不安地抬頭望向拉娜，只見拉娜幹勁十足地舉起了梳子。

「我的本事獲得殿下認可了呢……這下可不能讓妳頂著隨隨便便的髮型到處跑了……給我覺悟吧。我絕對會把妳打理成走在大都會流行最先端的究極可愛髮型。」

發現自己沒有因為當上學生會幹部而被拉娜討厭，讓莫妮卡率直地感到開心。只是，手上抓著梳子，兩眼發光的拉娜看起來有點恐怖。

「拜託就昨天那種髮型就好～～～」

莫妮卡剛開口，班導維克托．松禮老師來到了教室。

一瞬間，他眼鏡下的目光，朝莫妮卡狠狠瞪了一眼……好像有這種感覺。

對他人惡意敏感的莫妮卡肩頭顫了一下，不過松禮老師隨即將視線從莫妮卡身上移開，神經質地敲了敲講台。

「全班就坐。今天有事宣布。我們班上的瑟露瑪．卡許小姐身患急病，必須回故鄉休養。」
松禮老師這段話，引起教室內一片譁然。
就在日前，瑟露瑪的未婚夫奧隆才因為同樣的理由退學，大家對此仍記憶猶新。
喜歡聊八卦的少女們紛紛口無遮攔地臆測起來：「這麼說來、奧隆那件事情讓她很是消沉呢～」、「難不成是自殺未遂，之類的？」、「討厭，好可怕～」等等。
松禮老師清了清喉嚨，往台下環視一圈，繼續說道：
「有鑑於此，今天要選出新的保健股長，好接任瑟露瑪．卡許的位置。」
聽著松禮老師的宣布，莫妮卡悄悄心想：
（……事件的真相，果然會向同學們保密呀……可是，既然如此，為什麼……）
浮現在腦海中的小小疑問。
校園內的醜聞會葬送在黑暗中，不讓學生會幹部以外的同學知情。
那又為什麼，瑟露瑪．卡許會知道，奧隆．歐普萊恩是因為舞弊而遭定罪？
被人羈押帶走，陷入錯亂狀態的奧隆，歐普萊恩。
同樣陷入錯亂狀態，主張奧隆無罪的瑟露瑪．卡許。
兩人荒誕乖張的言行舉止，不知為何格外令莫妮卡感到在意。

＊　＊　＊

放學後，抵達學生會室前的莫妮卡，重新確認了一下自己的穿著。

制服ＯＫ、手套ＯＫ、頭髮也好好讓拉娜重新編過。

莫妮卡斷——哈——地深呼吸之後，準備敲門而舉起手來……接著又把手收回身體側面。

已經從好一陣子前，莫妮卡就持續不停地重覆一樣的舉動。就連深呼吸也已經第十次了。

在學生會室前瘋狂深呼吸的模樣，看起來完全就是個可疑人士。

莫妮卡的任務是排除第二王子周遭的可疑人士，但很悲哀地，現階段最可疑的人無庸置疑是莫妮卡自己。

（這、這次一定……）

這次一定要好好敲門……在如此強悍意志力驅使下，莫妮卡再度舉起了手，這時——

「那個～妳還好嗎？」

從背後遭人搭話，教莫妮卡大吃一驚到整個人跳了起來，額頭直接撞在門上。好痛。

看到莫妮卡按著額頭發抖，搭話的人物好似很歉疚地低頭。

「哇，對不起，突然出聲害妳嚇一跳。呃，看妳從剛才就一直在門前深呼吸，想說是不是身體不舒服……」

向莫妮卡搭話的是頂著亮褐色頭髮的少年。

略偏嬌小的體格讓他外表顯得年幼，但就領巾的顏色看來，他與莫妮卡同樣是二年級。領口還別著與莫妮卡同樣的學生會幹部章。

（……這個人也是，學生會的幹部？）

這麼一提，昨天在資料室的人好像不只一個。不過，那時候莫妮卡忘情於資料上，眼裡完全容不下資料以外的東西。

莫妮卡還忸忸怩怩地不知所措，少年已經彎腰，行了一記帶有貴族風範的高雅鞠躬禮。

「妳是新任的會計——莫妮卡．諾頓同學對吧？我是總務尼爾．庫雷．梅伍德。今後還請多多指教。學生會的二年級幹部只有我們兩個，希望能跟妳好好相處喔。」

說著說著，尼爾有點難為情地笑了起來，實在光看就覺得像個好好先生。

啊啊，太好了——莫妮卡悄悄鬆了一口氣。

原本還一直為了自己會不會被學生會幹部們討厭而坐立難安，可原來也有這麼和善的人。

這樣的話，說不定真有辦法撐下去……就在她放下心中一顆大石頭的時候——

「你們打算在門前閒扯多久！」

背後又響起一陣怒吼，讓莫妮卡嚇到肩膀縮了起來。

回頭一看，銀髮青年——學生會副會長希利爾．艾仕利正雙手抱胸，狠狠瞪著莫妮卡。

希利爾用力抬起他細瘦的下巴，盯著莫妮卡悻悻地開口：

「莫妮卡．諾頓。就因為妳在門前不停上演奇怪的舉動，害我進不了學生會室，知道嗎！」

看來莫妮卡在門前反覆深呼吸的模樣全被希利爾看到了。

「那個～副會長……你該不會一直在旁邊觀察吧？」

低聲咕噥的尼爾，也吃了一記希利爾的狠瞪。散發柔弱氣質的尼爾立刻舉手遮住了嘴巴。

希利爾高傲地哼了一聲，再度瞪向莫妮卡。

「天曉得妳到底對殿下灌了什麼迷湯，但妳給我聽好，我可不承認妳是學生會幹部的一員。」

以低沉嗓音放話之後，希利爾打開了學生會室的門。

在尼爾「我們走吧」的催促之下，莫妮卡也戰戰兢兢地跟在兩人身後。

室內已經有三人就坐。
坐在中央辦公桌的是學生會長菲利克斯。
距離比較遠的會議用桌旁，則是下垂眼青年——書記艾利歐特。
同樣正在會議用桌辦公的，是金髮的貌美千金。
（那、那個人是……）
看過一遍就難以忘懷的強烈美貌。她是在音樂室彈鋼琴的那位大小姐。
（原來那個人，也是學生會的幹部呀……）
貌美大小姐絲毫沒有抬頭望向莫妮卡這兒的意思，只是一直默默地動著羽毛筆。
莫妮卡正煩惱著是否該出聲搭話，菲利克斯就先沉穩地開了口：
「這樣就全員到齊了。」
此話一出，幹部們自然而然地往會議用桌移動。而且還主動空出末席與最裡頭的上座。
尼爾身旁的末席恐怕是留給莫妮卡的吧。
朝上座就坐的菲利克斯，示意要莫妮卡趕緊坐下。
「那麼，昨天也宣布過了，為了取代前任會計歐普萊恩，我們學生會要迎接莫妮卡·諾頓成為新的幹部。首先由我開始自我介紹。我是學生會長菲利克斯·亞克·利迪爾。」
菲利克斯既已自報名號，其他成員們自是非得跟進不可。
副會長希利爾滿臉不甘地開口：
「……我是學生會副會長希利爾·艾仕利。」
針鋒相對的嗓音，透露出對莫妮卡的滿滿敵意。

接著換艾利歐特輕輕舉手向縮起肩膀的莫妮卡開口：

「昨天也已經自介過就是啦。我是書記艾利歐特・霍華德。」

乍見之下是十分友善的隨和態度，但那雙下垂眼其實正冷靜地觀察莫妮卡。

繼艾利歐特之後開口的，是昨天在音樂室邂逅的貌美千金。

「我是書記布莉吉特・葛萊安。」

以冷淡口吻報上姓名的布莉吉特，連望都沒望莫妮卡一眼。

簡短扼要地結束自介後，她便以扇子遮口，自此不再發言。

最後輪到尼爾一臉難為情地朝坐在身旁的莫妮卡開口：

「我是總務尼爾・庫雷・梅伍德……是說，剛才已經先介紹過了嘛，啊哈哈～」

即使尼爾試著陪笑臉，現場的空氣依然緊繃不已。

就好像要瓦解這種氣氛似的，菲利克斯繼續接話：

「那麼，最後是莫妮卡・諾頓小姐。請自我介紹。」

啊啊～自我介紹明明就是自己最不拿手的，為什麼最近機會特別多啊。可能的話真想立刻逃出去。

（但要是在這裡逃了，一定會挨路易斯先生一頓罵，會挨路易斯先生一頓罵，路易斯先生好可怕，路易斯先生好可怕……）

莫妮卡腦中浮現了同為七賢人的路易斯・米萊之身影。

『哎呀，同期閣下？妳連自己的名字都沒法好好開口嗎？哈～哈～哈～簡直就像蟬死到臨頭的叫聲耶。真奇怪，我是幾時跟蟬成為同期的呀？妳要是無能到過度誇張的地步，會害我這個同期也被當成無能人士喔。好，要是知道了，就趕緊給我挺直腰桿變回人類吧，妳這蟬丫頭。』

光是想像就有點快哭出來了。

莫妮卡吸了吸鼻頭，聲若蚊蠅地開口自介：

「……我、我叫做，莫妮卡．諾頓……」

說出來了，說出來了。雖然舌頭有點打結，但就莫妮卡而言已算是相當到位的自我介紹。

然而，卻有人對莫妮卡的自介只給出「真不像樣」的評語。那就是書記布莉吉特。

布莉吉特琥珀色的瞳孔緊緊凝視莫妮卡，並張開扇子下的嘴巴冷冷放話：

「連名字都沒法好好報清楚的學生會幹部，聽都沒聽過。」

看著肩頭為之一顫的莫妮卡，布莉吉特只瞥了一記冰冷的視線，就將目光順勢移往菲利克斯。

「殿下，在我看來，實在不認為這個女孩有資格代表學生會面對大眾。趁學生會的評價還沒有一落千丈，請殿下務必三思。」

「是的。」

「對我的人選不中意嗎？」

菲利克斯依舊擺著沉穩祥和的笑容——但同時，又好像覺得很有趣地瞇上了眼睛。

面對身為第二王子的菲利克斯，布莉吉特既未膽怯也不諂媚，就只是堅定地點頭。

「抱著這種想法的人，相信並不只我吧？」

對這句話出現反應的，是副會長希利爾。

希利爾自椅子上起身，緊握拳頭開口大力主張：

「殿下，我也與葛萊安書記有同感。還請殿下三思！要把對殿下如此不敬的人置於身旁，未免過於……」

艾利歐特一臉覺得好玩的表情，望著以強烈口吻表達意見的希利爾，尼爾則在一旁不知如何是好。過程中，菲利克斯沉穩祥和的笑容依然不變。但，嘴角明明掛著微笑，碧綠的眼眸卻閃爍著冰冷的光輝。

「要是諾頓小姐真的闖了什麼大禍，責任就在任命她的我身上。到時，我保證會主動辭去學生會長一職。」

這段話讓學生會幹部們無一不為之驚愕，但比任何人都震驚的，毫無疑問就是莫妮卡。

（等等等等等等一下，等一下，等一下啊啊啊啊……！）

說實話，莫妮卡滿腦子就只有自己鐵定會闖禍的預感。捅漏子。自己絕對會捅出某種漏子。因為，除了數字以外，莫妮卡在所有領域都是連平均水準都及不上的廢人。

正當莫妮卡開始打顫，菲利克斯就啪地一聲輕敲了下手掌。

「好了，這件事就到此為止，可以吧？那麼，雖然時間還早，希利爾，請你指導諾頓小姐會計的工作有哪些內容。」

菲利克斯這則指示，讓希利爾擺出極度不滿的神情張嘴。但他隨即吞下到口的反駁，不甘不願地點了頭。

「……謹遵殿下吩咐。」

希利爾在抬頭的同時瞪向莫妮卡。那炯炯有神的瞳孔中，充斥著滿滿敵意。

怎麼好巧不巧，偏偏就讓這個人指導我工作嘛！

莫妮卡渾身顫抖地抬頭望向菲利克斯。

「那那那那、那、那個，那個~……為什麼，是勞煩副會長？」

「因為希利爾在就任副會長之前，先當過會計。」

菲利克斯就此打住，好似要捉弄人一般，把臉湊向莫妮卡。

「該不會，妳其實希望我來指導？」

「不是的，我只是想說，如果能由，年紀相仿的人，指導，會很開心，這樣……」

換句話說，就是感覺最溫和，最人畜無害的尼爾少年。

「這樣嗎。」

菲利克斯露出溫柔的微笑，開口回答：

「去讓希利爾狠操一頓吧。」

「……噫噫～」

＊　＊　＊

「會計的工作在月末月初最忙。非做不可的事，我都列在這張表單上了，務必杜絕任何遺漏。」

希利爾．艾仕利對莫妮卡的態度雖然露骨地針鋒相對，但在說明工作內容時卻相當仔細。

唯一教人在意的一點，是桌上不知為何擺了一只大玻璃杯。希利爾還不時趁說明的空檔簡短詠唱咒文，在玻璃杯裡不斷裝進冰塊。

莫妮卡實在過於在意，只好趁說明告一段落時，膽戰心驚地發言：

「那、那個～……請問那些……冰塊，是要用來……做什麼呢？」

「妳每犯一個錯，就拿一顆塞進嘴巴用的。」

「噫噫～～」

希利爾神經質地用手指撥弄領口的胸針，同時又一顆冰塊落進杯裡。

這時，莫妮卡突然注意到，希利爾身邊感受得到冰系魔力特有的冰冷氣流。不過，只有在希利爾生成冰塊的期間，那道冷氣會收束不見。

（……該不會，他之所以要生成冰塊，是為了這個？）

說明大致上結束後，希利爾拿起滿是冰塊的玻璃杯轉了轉，不悅地哼了一聲。

「哼，本打算要是妳記性太差，就把這個塞進妳嘴巴的……看來是白費力氣了。」

換句話說，這就是希利爾認定的「及格標準」了吧。

「還有閒工夫東張西望的話，就給我把資料看熟。」

「是、是！非常對不起……」

莫妮卡慌張地過目資料，但說實話，工作內容並沒有真的複雜到哪兒去。

說到底，莫妮卡在前來這所學校前，本來就一路負責處理財務、收支紀錄、產品銷量推移、人口統計等各式各樣的數字相關工作。相比之下，會記根本算不上多重的工作。

莫妮卡一面讀資料，一面偷瞄希利爾。希利爾在指導莫妮卡工作之餘，還順便整理著過去會計資料的項目。

「請問，那些是……我之前校核過的，會計資料，對吧？」

莫妮卡戰戰兢兢的發問，又讓希利爾用鼻子哼了一聲。

「沒有錯。今晚，松禮老師好像願意趁值班時撥空檢查，所以我正在彙整。」

「對、對不起。」

情急之下連忙道歉的莫妮卡，令希利爾一臉狐疑地皺起眉頭。

「……為什麼要道歉。」

「都、都怪我，連過去的年份，都雞婆校核了，才會害你，增加不必要的，工作吧。」

昨天，莫妮卡因為久違地接獲數字相關工作，一時得意忘形，把過去所有的紀錄一口氣全校完了。

正當莫妮卡為了自己害希利爾與松禮老師工作增加，而深感過意不去時，希利爾又狠狠地瞪了莫妮卡一眼。

「這不是什麼多餘的工作。是必要的工作。妳到底為什麼那麼畏畏縮縮，戰戰兢兢的。」

「嗚呃，呃，呃——……呃……」

「妳可是贏得了殿下的信賴喔？既然如此，何不抬頭挺胸。有什麼必要非得那麼卑躬屈膝的。」

這些話，是莫妮卡早就聽慣了的評語。

——為什麼妳要那麼卑躬屈膝？

——妳應該為了自己的才能驕傲啊。

——要是妳那麼瞧不起自己，及不上妳的那些人又該怎麼辦？

認識莫妮卡的人，看到自卑的莫妮卡，總是異口同聲這麼說。

總是像現在眼前的希利爾・艾仕利一樣，露出一臉難以理解的表情。

「妳可是被殿下給選上了耶？妳的才能獲得認同了耶？為什麼不引以為傲？」

不要卑躬屈膝。不要自卑。對自己有自信。妳是有才華的。

……習得無詠唱魔術時，這些話到底聽過幾遍了呢。

即使如此，莫妮卡還是怎麼也無法點頭。

並不是想否定自傲的人。能將某種事物引以為傲是件好事。能對自己的才華有自信是相當美妙的事。如果辦得到，莫妮卡何嘗不想這麼做。

偏偏，莫妮卡就是辦不到。

「……真的很抱歉……我這個人，無論如何……就是沒辦法把自己，當成值得驕傲的對象。」

莫妮卡緩緩地搖頭，輕聲細語答道：

「……我辦不到。」

從前在米妮瓦就學時，莫妮卡曾經有過唯一一個，稱得上是朋友的少年。

那位朋友對怕生的莫妮卡照顧有加。還陪著無法在外人面前順利開口的莫妮卡練習詠唱。這讓莫妮卡好開心。

……可是，就在莫妮卡習得無詠唱魔術，開始被眾人吹捧為天才時，友情就粉碎了。

——『反正我這種人，妳肯定也在內心瞧不起得很吧？』

不是，不是的——任憑莫妮卡如何否認，這些話都無法傳達給他。

然後就在沒能與朋友和解的狀況下，莫妮卡從米妮瓦畢業，當上了七賢人。

……這段苦澀的回憶，至今仍在莫妮卡心裡留下巨大的疙瘩。

望著低頭消沉的莫妮卡，希利爾眉頭皺得更緊了，嘴巴也扭得更不愉快。

「我討厭『辦不到』這個詞。」

「……對不起。」

面對希利爾的指責，莫妮卡除了低頭道歉之外別無他法。

忘了是誰曾經說過，才能有時候也會是種詛咒。

對莫妮卡而言，才能就是詛咒。無論何時，都會硬生生奪走莫妮卡想要的東西。
——父親如此，朋友如此。
「……喔，還有，這是另一件事。」
不曉得接下來又要被指責什麼，莫妮卡膽怯不已，希利爾卻以稀鬆平常的口吻接著說：
「日前，有關妳從樓梯間摔下來那件事。」
「……啊，那個，是……」
與拉娜起口角的卡羅萊，用力猛推拉娜，害莫妮卡遭受池魚之殃的那件事，應該已經以莫妮卡自己不小心摔倒為由結案了才對。
該不會，是要因為當時的不小心而挨罵了吧？莫妮卡內心正七上八下，希利爾就一臉嚴肅地開口：
「在當時，我已向周圍的同學仔細打聽，掌握了實際狀況。同時嚴加斥責加害者卡羅萊．西蒙茲，並命她提出悔過書。」
「……………………咦？」
莫妮卡一時之間搞不懂希利爾在說什麼，目瞪口呆地睜大了雙眼。
卡羅萊是名門世家千金，因此，她絕不可能受罰——卡羅萊自信滿滿的態度已經闡述了這一切。
所以莫妮卡才會覺得，與其讓拉娜揹黑鍋，寧可放棄陳述實情，申告是自己不注意跌倒來圓場。
「……你向同學，打聽了，實情嗎？」
「要正確客觀地掌握事件狀況，這是理所當然的吧。」
希利爾一副「問這什麼廢話」的態度。
「總而言之，這種時候給我記得要正確報告事實！都怪妳打那種莫名其妙的馬虎眼，害我花了不必要的時間多做確認，知道嗎！更遑論謊報事實，今後絕對禁止！」

莫妮卡一臉呆滯地望著希利爾，嘴巴都忘了要闔上。

畢竟莫妮卡本來以為，不管自己再怎麼說，都不會被人聽進去。

所以才會打一開始就不抱任何期待，閉上嘴巴放棄一切。

（……原來也是有，這樣的人在呀。）

把這股新鮮的驚奇感藏在胸口，抬頭望向希利爾，便發現他細秀的眉毛正向上直豎，死盯著莫妮卡不放。

「妳到底有沒有在聽，莫妮卡・諾頓！」

「啊，是，呃……那個……」

莫妮卡忸忸怩怩地搓起手指，含糊其詞時，忽然有人拍了拍她的肩膀。

「嗨，還順利嗎？」

回頭一看，菲利克斯柔和的笑容隨即映入眼簾。

希利爾馬上明確俐落地回覆。

「與一般業務、月末月初作業相關的部分已全數解說完畢。大約只剩活動相關尚未說明。」

「喔喔，在放寒假之前，會有棋藝大會與校慶嘛。這些就留待日後慢慢指導吧。」

「是。」

希利爾點點頭，菲利克斯望向桌上的玻璃杯，隨手拿了起來。裡頭的冰塊彼此碰撞，發出嘎啦嘎啦的聲響。

「……身體狀況不好嗎，希利爾？」

「不會，沒有任何問題。殿下。」

「是嗎，這樣的話就好……記得別太勉強了。」

方才這段對話是什麼意思？

（……艾仕利大人生成冰塊，代表他身體不舒服？）

平時身邊散發的冷氣，以及刻意在玻璃杯中生成的冰塊，再加上神經質地觸碰胸針的舉動……說實話，莫妮卡心裡有個底。

（這個人，該不會是……）

莫妮卡凝視起希利爾的胸針，這時，一隻手指從旁伸來戳了戳莫妮卡的臉頰。

側目一望，是正顯得樂不可支的菲利克斯。

「別只顧著看希利爾，也多看我幾眼吧？」

「對、對對對、對不，起……」

「臭ㄚ頭！妳對殿下那什麼無禮的態度——！」

「非、非常，非常抱歉……」

莫妮卡淚眼汪汪地致歉時，希利爾揮拳捶起了桌子。

「話不會講乾脆點嗎！」

「非！非！非常！抱歉……」

「誰說要妳斷奏斷得更響亮了！」

「希利爾，還請別太欺負這孩子喔？」

菲利克斯開口制止暴跳如雷的希利爾，卻見他斬釘截鐵地說道：

「我不是欺負她，殿下！這是在管教！」

「管教是飼主的工作吧？所以說，是我的工作才對。」

感覺自己的人權被輕描淡寫地奪走了。

總而言之，為了逃避現實，莫妮卡再度忘情於細數菲利克斯睫毛的作業中。

✶ 第九章　深夜的來訪者，細說何謂得意忘形的潘吉

在宿舍用過晚餐的莫妮卡，回到閣樓坐在床上。

「累壞了……可是，得換衣服才行……」

莫妮卡動作遲鈍地起身，脫下身上的制服，把縐紋扯平後掛在衣架上。然後換上自己帶來的，附有兜帽的長袍。

順便也解開頭髮，綁成簡便的麻花辮吧。

莫妮卡向緞帶伸手，但結果卻沒把蝴蝶結解開，只是以指尖反覆撫摸拉娜仔細編成的漂亮髮型。

莫妮卡當上學生會幹部之後，同班同學看著自己的眼神馬上有了變化。幾乎都成了「為什麼這種丫頭能進學生會」的嫉妒與猜疑眼神。

即使如此，拉娜也沒有討厭莫妮卡。態度一如往常，不見任何改變。

……單是這點小事，就令莫妮卡無比開心。

（好捨不得，解開啊……）

到入浴時間前都維持這樣吧，莫妮卡沒把頭髮解開就一頭鑽進被窩。

就在這時，傳來了窗戶嘎噠開啟的聲響。是尼洛回來了。

尼洛進入室內後，還一板一眼地用前腳關窗。

「辛苦啦，莫妮卡。」

尼洛跳到趴在被窩的莫妮卡背上，朝肩胛骨的部分用前腳踏個不停。

就按摩而言稍嫌力道不夠，但柔軟的肉球在背上反覆擠壓，感覺相當舒服。莫妮卡闔上雙眼沉醉其中，喘了一口氣。

「學生會首日工作的狀況如何？」

「……今天，被艾仕利大人……狠操了一頓……」

「艾仕利？啊，我知道了。是成天跟在王子身邊，沒事就扯高嗓子怒吼的冷冰冰老兄吧。就那個每次都讓冰系魔力外洩的傢伙。不管是護衛對象王子，還是他身旁的跟班，本大爺都記得一清二楚啦！」

「……記得一清二楚的話，就連名字也記好啊？」

「本大爺就不擅長記人類的名字啦。所以，妳今天是被冷冰冰怎麼狠操了來著？有比那個路易路易・潤爬爬還嚴格嗎？」

看來尼洛不管是希利爾還是路易斯・米萊的名字，都沒打算好好記住。

莫妮卡苦笑著回答尼洛的問題。

「嗯——……艾仕利大人的嚴厲程度……大概是路易斯先生的百分之一，左右吧。」

「妳是跟惡魔同期喔。」

希利爾口氣嚴厲，指導過程累人的地方是真的很累人，但講解的內容既詳盡又周到。

必要的事情還會幫忙列成圖表，有不懂的地方，發問了也會徹底教到會。

相比之下，路易斯就實在……像這樣，莫妮卡回憶起被路易斯狠操的惡夢時光而脫力時，窗外一陣叩叩叩的聲音響起。

莫妮卡頸子一扭，轉頭望向窗口，便見到一隻小鳥停在閣樓窗戶上。

這隻美麗的小鳥長了黃色與黃綠色的羽毛。不會是貴族養來觀賞用的鳥走失了吧？小鳥再度用鳥喙啄向窗戶。就連尼洛靠近窗邊也沒顯露怯色。

莫妮卡心想不會吧，並把窗戶打開，小鳥立刻飛進閣樓。接著繞室內一圈，降落在地板上。

不一會兒，小鳥全身被發光的粒子所包覆，變身成一位穿著女僕服的女性。

「妳是……路易斯先生的——」

女僕提起裙襬一鞠躬，以缺乏抑揚頓挫的語調報上名號：

「〈結界魔術師〉路易斯・米萊的契約精靈，琳姿貝兒菲在此。還請叫我琳就好。」

剛剛才跟尼洛聊到什麼惡魔啊路易斯的，令莫妮卡無意識地挺直腰桿。

身為路易斯契約精靈的琳直接造訪，相信是代表著要莫妮卡回報任務進行狀況吧。

「唔、呃，是要我回報……任務的，進展嗎？」

「那也是其中之一，但首先……要先把路易斯閣下十萬火急的傳言向您通知一聲。」

十萬火急——換言之，這事情重要到非得派琳立刻前來通知不可。

到底是什麼事？莫妮卡與尼洛不由得屏氣凝神起來。

琳面無表情地開了口：

「『本人，路易斯・米萊，很快就要……』」

「很、很快就要……？」

莫妮卡複誦傳言時，琳接著說了一句：

「『當爸爸了。』」

莫妮卡頓失言語，身旁的尼洛吼了起來：

「誰～管你啊！沒人在意好嗎～～！這根本普通的私訊吧？」

尼洛用前腳猛拍地板怒吼，不過琳不以為意，只是點了點頭。

「是的，本次夫人有喜，令路易斯閣下有點變成得意忘形的潘吉。」

「……得、得意忘形的潘吉？」

莫妮卡複誦起這個有點陌生的詞彙，琳隨即正經八百地重申：「是的，得意忘形的潘吉。」

「似乎是西部地區特有的兜圈子講法，『潘吉』原意是指『小少爺、公子哥兒』的樣子。也就是說，這個詞彙是用來形容得意忘形到耍白痴的人。」

「是、是這樣嗎……」

「當我在書上看到這個詞彙之後，就一直想找個機會用用看。本次能夠如願以償，實在教人銘感五內。」

嘴巴說著銘感五內的琳，還是一如往常地面無表情。

實在教人搞不懂這位精靈講的話有幾成是認真的。

「呃……那個……請幫我轉達，給路易斯先生與夫人，說恭喜兩位了。」

「妳也生氣一下啊，莫妮卡！那個壞胚子魔術師，把麻煩任務扔到妳頭上，自己在那邊得意忘形耶！妳可以更生氣點啊！」

尼洛舉起前腳喋喋不休地發表主張，但莫妮卡是發自內心想表達祝福。

姑且先不論路易斯，至少在路易斯家裡留宿的期間，自己是受了蘿莎莉夫人不少關照的。

琳點頭答應「一定幫您帶到」之後，就從懷裡取出一張紙。

「那麼，既然主要事項已經轉達……」

「喂，把剛那個當成主要事項真的好嗎？」

不予理會尼洛的吐槽，琳把取出的紙攤開在桌面上。

紙上有路易斯親手書寫的筆跡，內容如下：

「致〈沉默魔女〉閣下：我深知妳在口頭報告方面是何等無能。重要事項務必全數記載於這張紙上交給琳。」

真不愧是同期。他相當清楚，要是讓莫妮卡用嘴巴講，肯定連重要事項的一半都報告不完。

「我在本次任務負責扮演傳信鴿。若有必須向路易斯閣下報告或轉達的訊息，就請撰寫於本處，再交付予我。必將火速為您送達。」

「……唔、呃——要是沒有特別需要報告的呢？」

「凡是遇此情況，我將一直在這間閣樓待到需要回報為止。」

「我、我馬上寫！」

莫妮卡慌慌張張地將提燈移至桌面，坐上椅子。

幸虧目前有不少內容可以回報。無論是解決了花盆墜落事件，或是獲選為學生會幹部，在護衛任務上都是相當巨大的進展。應該是可以抬頭挺胸報告的內容。

再來就再來就……莫妮卡如此思索著報告內容時，尼洛忽然鬍鬚一抖一抖地望向窗外。

「喂，莫妮卡。男生宿舍後頭好像冷冰冰的。」

「……咦？」

一時之間搞不懂尼洛在說什麼，莫妮卡顯得困惑不已，這時琳開口插嘴：

「有冰系魔力反應自男生宿舍後方傳出。感覺並非刻意施放魔術，或許是魔力擅自外洩的失控狀態。」

不好的預感令莫妮卡背脊瞬間打起冷顫。

提到冰系魔力，率先會浮現腦海的，是學生會副會長希利爾・艾仕利。

「……那個，琳小姐，冰系魔力反應不是出現在男生宿舍內，而是外頭嗎？」

「是的，從宿舍外傳出。反應源目前正從宿舍用地緩緩向外移動。」

假設這道魔力反應真的是來自希利爾好了，個性那麼一板一眼的他，會在這種時間溜出宿舍嗎？

再者無論如何，作為第二王子的護衛，絕不可忽視發生在男生宿舍附近的異常事件。

「我、我這就、這就去確認一下狀況……」

「可是啊～莫妮卡。妳要怎麼從宿舍溜出去？妳不是不會用飛行魔術嗎？」

「啊嗚～」

尼洛說得沒錯。

飛行魔術不只需要魔力操控技術，還相當講求平衡感，對運動神經毀滅級惡劣的莫妮卡來說，是格外棘手的領域。

熟練者能夠自由自在翱翔於天，而莫妮卡光是想跳得稍微高一點就快吃不消了。

在莫妮卡望著窗戶下方不知所措時，琳語帶保留地提出建議：

「若是這麼回事，還請儘管包在我身上。我是風之精靈，飛行系魔法是我擅長的領域。」

這麼一提，幫忙把莫妮卡從山間小屋載到王都的，的確也是琳。

多可靠的幫手！莫妮卡不由得以尊敬的眼神抬頭望向琳，琳隨即起步跨上窗台說道：

「至於降落方法，我個人強力推薦近來構思的颶風式降落法……這種方式能讓人透過全身強烈體驗到離心力帶來的感覺。」

「那、那是，呃……在說笑，對嗎？對吧？」

「……」

莫妮卡膽戰心驚地發問，得到的卻是琳一語不發的凝視。新葉色的雙眸裡絲毫不見半點陰霾。

被這對清澈到令人恐懼的視線凝望的莫妮卡，一把將尼洛抱上胸口哀號著：

「拜託用安全的降落法就好～～～！」

* * *

菲利克斯正在自己的房間喝著紅茶，這時，化身成白蜥蜴的精靈威爾迪安奴突然從菲利克斯的口袋探頭，喚了一聲：「殿下。」

菲利克斯將茶杯擺回茶碟，讓威爾迪安奴爬上手指。

「……是希利爾嗎？」

「是的，宿舍外傳來了強力的冰系魔力。」

「知道正確的地點嗎？」

「……非常對不住。只能推測出大略方位。」

威爾迪安奴顯得滿懷歉疚，但這真的不能怪他。

身為水之精靈的威爾迪安奴，擅長的是障眼法或幻覺方面，感測能力並沒有特別強。

「那麼，該怎麼辦呢。也不能就這麼放著不管……還是去稍微打探一下情況吧。」

菲利克斯起身，一把將掛在椅背的外套披上身。

＊＊＊

（……頭，好痛。）

在男生宿舍用地，可以看見一道步履蹣跚的男性身影。

穿著賽蓮蒂亞學園制服的細瘦體格，以及反射著月光的銀色長髮。那是學生會副會長——希利爾・艾仕利。

希利爾慘白的臉頰滲出異常的汗水，臉孔痛苦地扭曲。遠離男生宿舍的他，走進了附近的森林。

「……唔、咕，啊……」

刺痛。就在一陣尖銳痛楚竄過腦袋的同時，他體內的魔力開始失控。

希利爾立刻開口詠唱，將手按上身旁的樹幹。下一瞬間，他所觸及的樹便為冰所包覆。

希利爾・艾仕利有過剩吸收魔力體質。

人類體內存在能儲存魔力的容器，凡是因使用魔術之類的因素使魔力減少，就會少量吸收體外的魔力來恢復。

在這時，人類無法儲存超出容器容量上限的魔力。一旦容器滿了，身體就會拒絕接收更多魔力，不再繼續吸收。

但希利爾的體質是，就算容器已滿，身體還是會判斷成「魔力不足」，擅自繼續吸收魔力。這就是所謂的過剩吸收魔力體質。

然後，過量的魔力將會侵蝕人體，引發魔力中毒。因此，他必須定期將超出容器上限的魔力釋放出體外。

希利爾低聲念念有詞，緊握別在領帶上的胸針。這只胸針是能夠幫助他強制排出體內過量魔力的魔導具。

只要有這個，希利爾應該就能正常過活，但他卻從昨天起身體狀況不佳。

使用魔術能暫時降低體內的魔力量，換取短暫的輕鬆，但希利爾的身體馬上又會再度吸收魔力。

吸收的速度明顯較往常來得快，而且快得過火。不管他怎麼施放魔術，體內的魔力都消耗不完，反倒是持續增加。

希利爾跪倒在地，渾身縮成一團，抱著祈求得救的心情緊握胸針魔導具。

這只胸針是海恩侯爵送給希利爾的，是他的寶貝。

希利爾原本並不是侯爵家的人。

是因為海恩侯爵只有女兒，才在遠親裡挑上了最優秀的希利爾當養子。

就算流有海恩侯爵家的血脈，希利爾家也只是連爵位都沒有的，末席中的末席。即使如此依然雀屏中選，只說明了希利爾本人有多麼優秀。

始終屈就於市井學校的希利爾為此相當自豪。自己是一個優秀的人，有人選擇了自己。

胸懷這股自豪與喜悅的希利爾，成為艾仕利家養子後邂逅的，是自己的義妹——艾仕利家的女兒。

海恩侯爵家又名〈識者世家〉。義妹的知識淵博程度著實配得上「識者」之名，她優秀的程度，希利爾根本望塵莫及。

——既然如此，我到底是為什麼會被選上當養子的？

深怕喪失自身存在意義的希利爾死命用功，不斷吸收各種領域的知識。

然而，自己與義妹的差距，無論經過多久都無法縮短。

反倒是吸收愈多知識，愈深深體會到彼此離得有多遠。

既然如此，就只能磨練出自己專屬的武器。希利爾抱著這種想法開始學習魔術，但卻在過火的訓練影響下，引發過剩吸收魔力症。

愈是掙扎、愈是抵抗，自己的理想就愈是遠去。被這種感覺逼至絕望的希利爾，養父海恩侯爵所贈與他的，就是這只胸針魔導具。

只要有了這個，應該就能抑制過剩吸收魔力體質了吧。養父隨著這句話一起將胸針交給他時，希利爾覺得自己就像是獲得了海恩侯爵的認可，代表自己可以繼續待在這裡，這令希利爾無比開心。

希利爾很想回應侯爵的期待。然後，更重要的是……

（我想要，得到……的期待。）

所以說，現在不是希利爾可以趴倒在這種地方的時候。

可是，身體卻違反他的意志，反覆擅自吸收魔力。希利爾快速詠唱咒文，施放了冰系魔術。

眼前的地面瞬間凍結，正當他覺得稍微輕鬆了點，身體又再度吸收起魔力。

身體狀況欠佳時，魔力吸收速度偶爾就會出現亂象，但這麼快的速度只能說是明顯反常。

（為什麼，為什麼，為什麼……？）

啊啊，得快點詠唱施放下一道魔術，可在開口的同時，頭又劇痛了起來。

脈搏變得莫名紊亂，呼吸也急徐不一。這樣根本無法詠唱，無法施展魔術。

「……啊……………咕……」

希利爾伸手朝地面猛摳，冷汗直流地抽搐。
不久，眼前變得一片黑暗，意識逐漸遠去。
就在這時，一陣貓叫聲傳進耳裡。

＊＊＊

靠琳的風系魔法溜出宿舍的莫妮卡、尼洛與琳一行人，沿著魔力痕跡一路追至森林，並躲在樹木後頭窺伺希利爾的狀況。
希利爾忍受著痛苦，不斷施放冰系魔術。樣子明顯不正常。
琳面無表情地歪頭不解。
「最近的學生都在這種時間祕密進行魔術特訓嗎？真是勤勉呢。」
「不，那個……我猜，現在的艾仕利大人恐怕正因為過剩吸收魔力症，引發了，魔力中毒。」
「魔力中毒？」琳與尼洛異口同聲地問。看來他們倆對這種病一無所知。
「人、人類的身體，對魔力的抗性遠比精靈或龍來得低，一旦大量攝取魔力，身體就會出問題……這種狀態就叫魔力中毒……最糟的情況，可能導致死亡。」
莫妮卡在就讀魔術師養成機構米妮瓦時，看過好幾個出現相同症狀的人。
過剩吸收魔力症依據重症度分為五個階段，希利爾現在發作的，恐怕是最重的症狀。
「像艾仕利大人這種，體質容易吸收魔力的人，要不是平常就不時施展魔術，減少體內的魔力含量；要不就是配戴能吸收過量魔力的魔導具才對，不過……」

希利爾平時就將魔力轉換為冷氣釋放，又沒事就在玻璃杯裡生成冰塊，恐怕就是這個目的。他就是以這些方式在消耗體內過量的魔力。

之所以格外在意領口的胸針，也是因為那胸針就是能吸收魔力的魔導具吧。

聽過莫妮卡的說明，琳以食指及拇指比出一個圓圈，將手舉到眼前，透過圓圈觀察希利爾。

「確認到魔力的流向了。看起來，領口的胸針正在蒐集釋放至體外的魔力，再送回那位大人體內。」

「果然……！是魔導具，發生故障了……！」

魔導具以完全相反的方式在運作。必須分秒必爭，幫他卸下那只胸針才行。

但是莫妮卡要是靠近，希利爾就會質問她為何會出現在這裡吧。

現在的莫妮卡姑且是戴著長袍的兜帽，但若是靠近到能接觸胸針的距離，再怎樣也不可能藏得住真面目。

莫妮卡還在猶豫不決時，尼洛突然喵一聲英勇地大吼：

「既然是這麼回事，就包在本大爺身上吧！」

從樹木後頭飛身而出的尼洛，一舉跳到希利爾的身上，叼住他領口的胸針。

「什、貓……？住手……不許碰這個東西！」

希利爾揮著手臂抵抗，不過尼洛輕鬆閃躲，卸下了胸針。並順勢拉開與希利爾的距離。

「還我……還給我——！」

希利爾有如殺紅了眼，歇斯底里地狂吼，快速詠唱起咒文。

下一瞬間，尼洛的行進路線就被冰牆給封閉。

（唔嘎……？）

尼洛慌忙轉向，打算逃進樹林……但，冰牆以驚人之勢左右擴張，阻斷了尼洛的去路。

回神一看，尼洛與希利爾的周圍已經完全被冰牆給包圍。

（慘啦～～……本大爺最～怕冷了啊～～～～！）

「還我……把那個，還來……」

雙眼布滿血絲的希利爾不斷靠近尼洛。

在紊亂的呼吸下，可以聽見他無神的低語：

「……那個是……義父大人……送給我，的……………我必須，獲得，認同……認……」

希利爾的眼神變得異常，浮現出混濁的執念。

他這樣的身影，教尼洛不由得同情了起來。

（……為什麼，人類這種生物，不管哪個都這麼傻啊～）

這個人類，一定也是為了只有他明白的理由，背負著必須執著於這只胸針的某種隱情吧。但，那些事與尼洛無關。

希利爾快速詠唱起咒文。他的周圍隨即浮現十支以上的冰箭。

如手臂般粗壯的那些冰柱，與其說是箭，倒不如說是樁子了。

無論如何，一旦被正面命中，都不會簡單了事吧。

「我已經獲得認同了。被義父大人……被殿下……明明是這樣，為什麼……」

希利爾有如受發燒煎熬的狂熱雙眼，空洞地望著尼洛。

即使如此，映照在他眼中的對象也並非尼洛。

受魔力侵蝕全身的他，現在看著的，是尼洛不認得的某人。

「……為什麼……」

端正的五官顯得痛苦不已，然後，扭曲得有如想放聲大哭。

「……為什麼……妳就是，不願意認同我……母親大人。」

這時，冰牆靜靜地瓦解了。

無論冰牆，還是浮在希利爾身旁的冰箭，全都在火焰的包覆下熊熊燃燒。

希利爾生成的冰不到短短數秒就全數燃燒殆盡，燒穿冰牆的火焰就有如具備意志一般，集中到了同一處，構成一條火焰大蛇。

然後，在崩落的冰牆後方，背對皎白明月佇立的，是兜帽深蓋及眼的嬌小魔女。

無詠唱魔術的施展者，七賢人之一——〈沉默魔女〉莫妮卡・艾瓦雷特。

＊＊＊

希利爾的父親雖繼承了海恩侯爵家的血脈，卻連爵位都沒有，生活絕對稱不上優渥。

即使如此，父親仍因擁有侯爵家之血統而自滿，不僅連個像樣的工作都沒有，還對母親擺出盛氣凌人的態度。

厭惡這點的希利爾，總是站在母親那邊。以他小小的頭腦，絞盡腦汁思考要怎樣才能讓母親開心。

即使如此，母親每每看到希利爾的面容——與父親極為神似的貴族五官，就總是露出哀傷的表情，將視線從希利爾身上移開。

後來，沉溺酒精的父親死去，海恩侯爵家的人提出希望收養希利爾為養子。希利爾簡直喜出望外。

這樣就能夠讓母親放下重擔了！能夠讓母親開心了！

看到希利爾高興得如此天真無邪，母親夾雜著嘆息說道：

「啊啊，你果然，還是貴族之子啊。」

——不是的，母親大人。我是妳的孩子。

這麼一句話，希利爾就是怎樣也說不出口。

站在希利爾面前的，是兜帽深蓋及眼的人物。身材嬌小，怎看也不像是成年人。

但，那名人物只是輕輕舉起右手，燒穿希利爾冰牆的火焰大蛇就立刻竄到那人的身邊繞了一圈。

搶走希利爾胸針的黑貓，喵地一聲朝戴著兜帽的人物跑去。

戴著兜帽的人抱起黑貓，用手指取下黑貓叼在口中的胸針。

「……那隻貓，是你的手下嗎。」

希利爾嗓音低沉地嘶吼，但戴兜帽的人瞧也不瞧一眼，只顧著觀察胸針。

那態度令希利爾更加焦躁。

「把我的胸針還來！」

希利爾激昂地詠唱起咒文。那是能夠生成冰鎖鍊的術式。

希利爾啪嘰一聲彈指，鎖鍊便朝戴兜帽的人物四肢糾纏起來……但下一瞬間，鎖鍊又隨即瓦解。

了。

「……啥？」

戴兜帽的人物什麼也沒做。甚至連開口詠唱都沒有。

但冰鎖鍊卻輕描淡寫地粉碎，只剩亮晶晶的殘骸散落一地。

還以為自己搞錯了術式，又重新詠唱了一次。然後卻面臨同樣的結果。冰鎖鍊就在顯現的同時崩壞了。

「為什麼，為什麼，是你嗎……是你動了什麼手腳嗎？」

戴兜帽的人物還是什麼也不說，緊盯著胸針不放。就像完全沒把希利爾放在眼裡似的。

……那態度已詭異到陰森的程度。

「回答我！」

希利爾生成冰箭，射向戴兜帽的人物。

可是，冰箭就在即將觸及對方的瞬間，遭到火焰包覆，燃燒殆盡。

該不會是那人有同夥在附近吧——希利爾不禁如此心想。若非如此，眼前的現象實在無從說明。

因為，戴兜帽的人就連詠唱都沒有。不開口詠唱卻能抵銷希利爾的魔術，這種事怎麼可能發生。

「該死……該死……！」

希利爾生成大量的冰箭，往自己周圍亂無章法地猛射。要是這個戴兜帽的人真有同夥在場，他想這樣把對方逼出來。

但，戴兜帽的人僅是舉起單手，冰箭就全數受火焰包覆，燃盡消失。

（怎麼回事……這到底，怎麼回事……）

想用盾擋下射向自己的冰箭，並不是什麼難事。可若想將亂無章法射出的所有冰箭全部擊落，那就是神乎其技了。

現在，希利爾面前上演的，就是這種堪稱神技的魔術。

而且燒掉冰箭的火焰，還當場直接消失，沒有波及周圍的樹木。換言之，這道魔術的精緻程度還更超乎原先的想像。

每道每道火焰，都是經過精密到駭人的計算才生成的。

而且還是如此龐大的數量？在僅僅不到數秒鐘的時間內？

（怎麼回事，怎麼回事，發生了什麼事？我到底看了什麼？）

沒有接觸魔術的人，目光大概會放在搶眼的火焰大蛇身上吧。

不過，只要是稍微涉獵過一點魔術的人，應該就會注意到。一道一道擊落冰箭的小火焰，是有多麼異常。

魔術戰的防禦基本上仰賴開盾。也就是展開防禦結界。

但眼前的人物連盾也沒開，就讓希利爾見識到了如此巨大的技術差距。

「到底怎麼回事……你這傢伙，到底什麼來頭啊——……」

希利爾放棄精密操控的想法，將自己體內的所有魔力全數轉化為冷氣，一口氣砸向戴兜帽的人。

「結凍！結凍！給我變成沉默的冰雕！」

伴隨著歇斯底里吶喊所釋放的冷氣，以希利爾為中心，凍結了周遭的所有的事物。地面如此，樹木如此，連希利爾自己也不例外。

就算手腳凍傷也無所謂，希利爾已經豁了出去，不斷地釋放冷氣。

然而，他這時卻發現——

以最大功率釋放的冷氣，竟然正徐徐遭到反推——不，是被改變了流向，一路衝向上空。

戴兜帽的人物，以風系魔術接下了希利爾的冷氣。

與此同時，貼在希利爾手腳上的冰也逐一開始剝落。希利爾身上出現了一層阻隔冷氣的結界。

奮不顧身地釋放冷氣的希利爾，當然沒有替自己展開結界。

（是這傢伙……？）

倘若真是戴兜帽的人物在施展風系魔術接下冷氣使之轉向時，還不忘對希利爾施予防禦結界保護他的身體，就代表對方正同時施展兩道難度高得嚇人的魔術。

不可能，一定是這人的同夥躲在附近，暗中施展魔術。絕對錯不了。

（……但是，如果，事實並非如此？）

這個戴兜帽的人物，若真的僅憑自己一人就施展如此驚人的魔術……那已經只能說是怪物了。

希利爾臉色鐵青，渾身顫抖不已。

行使魔術時帶來的高揚感與酩酊感已經平息，渾身熱潮都逐漸冷卻下來。

「……啊……」

視野變得模糊，四肢開始脫力。是體內的魔力耗盡了。

「『辦不到』是不行的……我……我、我得……」

希利爾咬緊牙關，試圖保有意識。但身體卻一反其意志，自顧自地沉重起來，眼前漸漸陷入黑暗。

「我得要，回應，期待……」

就在意識即將消失的瞬間，希利爾所見到的……是戴兜帽的人物以絕望般駑鈍的方式朝自己跑來，伸出小巧手掌的光景。

＊＊＊

「不、不不、不要緊……嗎……？」

莫妮卡跑向希利爾，讓他枕在自己膝蓋上，確認他的狀況。

希利爾喪失了意識。脈搏也虛弱了些，不過性命似乎無虞。這種程度的話，只要稍作休息應該就能恢復了吧。

「……太好了～」

魔力中毒的初期症狀之一，就是會讓人在行使魔術的時候感到強烈的興奮。

更加惡化便會引起幻覺、心悸、目眩等症狀，最後全身都遭魔力侵蝕而死。因此，想治療魔力中毒的人，趁症狀還只是初期的時候，讓對方盡量放魔術，直到魔力放乾為止，是最簡單有效的手段。

「太精采了。」

躲在暗處守候的琳現身，望向莫妮卡手上的胸針。

「果然是那只魔導具故障沒錯嗎？」

「是的……魔導具的術式出了差錯……大概是因為，沒有賦予保護術式的關係。」

魔導具是非常纖細的。一如其名所示，魔導具就是引導魔力的道具。一旦沒有套過正確術式引導魔力，運作上就有可能出錯。

所以，魔導具除了本身效果需要的魔術式，通常還會多附加一層保護魔術式用的保護術式。

但是，希利爾的胸針上沒有這種保護術式。

「沒透過保護術式防護的魔導具，一旦裝備者遭到強力魔法攻擊，就很容易產生故障。」

聽了莫妮卡的說明，尼洛氣得甩起尾巴，大喊：「那豈不是不良品嘛！」

「真是的，哪來的黑心製作人，搞這種偷工減料啊～」

「呃……胸針背面有刻製作銘……」

把胸針翻面之後，看到上頭刻著的名字，莫妮卡表情突然僵硬起來。

「……〈寶玉魔術師〉伊曼紐．達爾文……」

「怎麼，怎麼？是認識的嗎？」

莫妮卡不知該作何回應，琳操著平淡的口吻替她回答：

「我記得，與〈沉默魔女〉閣下同樣是七賢人之一。與路易斯閣下犯沖。第二王子派。路易斯閣下曰『勢利眼的小壞蛋』。」

經過數秒的沉默，尼洛再度開口：

「……我說，七賢人裡頭就沒什麼正常人嗎？」

相當刺耳的評語。

莫妮卡「啊嗚～……」地按著胸膛，為胸針覆蓋上新的魔術式。

像這類為物質附加魔力的魔術，就稱為賦予魔術。

賦予魔術並不是莫妮卡專攻的類別，但這只胸針的構成術式並沒有那麼複雜，因此在修正上也沒有太困難。

舉例來說，路易斯為了菲利克斯而打造的那只胸針。

那不但能隨時追蹤持有者的所在地，還會在持有者遭受攻擊之際探知到危險，即時展開防禦結界，是複雜程度極高的魔導具。

相較之下，這只胸針的功能只是吸收魔力再釋放。

（我看是不是再把自動調整術式也加進去，讓胸針會依據體內的剩餘魔力比率調整魔力的吸收量呀。）

每當看到這類魔術式，就會忍不住想動手改良，這是莫妮卡的壞習慣。

不過，要是胸針的功能突然改變，希利爾應該會很困惑吧。

莫妮卡修正了魔術式出錯的部分，改良方面就只加入自動調整術式便打住，接著再加上兩道保護術式來防護。如此一來應該就不會太容易故障了。

待莫妮卡將胸針重新別上希利爾的領口，尼洛抬頭望向她，帶著挖苦的語氣開口：

「妳有必要幫到這種程度嗎？光是修理魔導具，不是就可以跟人坑兩枚金幣了嗎？」

「……那是，因為——」

莫妮卡一度中斷發言，試著整理了一下思緒。

其實，莫妮卡心中，對希利爾有抱著一丁點的羨慕。

羨慕他能為了受人認同一事引以為傲。羨慕他肯為此不惜付出各式各樣的努力。

「過剩吸收魔力體質雖然會帶來各種不便，但如果能和這體質和平共存，對魔術師而言其實是有利的。」

魔力的吸收速度快，就代表魔力回復的速度快。

魔力回得快，在面對長期戰的時候就能比其他魔術師擁有更多優勢。

坦白說，為了提升回魔的速度，刻意進行嚴酷的修行把自己逼入絕境，試圖培育出這種體質的魔術師，也大有人在。

換句話說，希利爾的這種體質，也是可以稱為「才能」的。

「……我不希望他……把這項才能當作一種詛咒。」

對於自己的才能，莫妮卡無論如何就是會視為一種詛咒，怎樣都無法引以為傲。

正因如此，她不希望希利爾步上自己的後塵。她希望希利爾可以抬頭挺胸，永保那份自豪。

代替無法引以為傲的莫妮卡，堂堂正正地驕傲。

「話說回來～這傢伙，該怎麼處理？就讓他睡在這兒嗎？」

尼洛用前腳朝希利爾的臉頰按了按。

雖說的確還沒入冬，但要放一個身體不適的人睡在這種森林裡，實在也教人過意不去。

正當莫妮卡煩惱著該如何是好時，琳舉起了手。

「不如讓我颳起暴風，把這個人類一路推進男生宿舍內吧。」

「可能的話希望再稍微穩當一點……」

「那麼，我就颳起龍捲風，把他直接吹進男生宿舍……」

「愈來愈惡化了啦～～」

話雖如此，就算用琳的飛行魔術偷偷溜進男生宿舍，也不曉得希利爾的房間在哪。

莫妮卡再度抱頭不知所措，尼洛這才嘆口氣，一臉「真傷腦筋」的表情跳了起來。

在空中翻了一圈著地，下一個瞬間，黑貓已不見蹤影，尼洛變成了一個黑髮金眼的青年。

「那總之，本大爺就把這傢伙扛去男生宿舍門邊啦。只要讓他倒在宿舍正門附近，守門的就會注意到了吧。」

「嗚嗚~不管怎樣都要讓他倒在地上嗎……?」

「不然要是潛進宿舍,搞到本大爺被人看見,那才賠了夫人又折兵吧。」

說著說著,尼洛粗魯地抱起希利爾,扛到肩上。

「那個,尼洛,你至少用揹的……」

絲毫不理會莫妮卡的要求,尼洛朝地面一踢,輕快地開跑。

不一會兒,尼洛的背影與夜晚的森林合為一體,自視野內消失無蹤。

把希利爾扛在肩上的尼洛，連一盞燈都沒帶，就在黑夜的森林裡奔馳。就算變身成人形，尼洛的夜間視力仍然相當出色。

順帶一提，他的力氣也遠在人類之上，所以要扛著希利爾全力奔馳也只是小事一樁。

（……這麼說來，這個冷冰冰老兄，是怎麼從宿舍溜出來的啊？）

不管男生宿舍或女生宿舍，四周都搭了高高的圍牆。門口有人守門，而且是整晚看守不間斷，應該沒那麼簡單能出入才對。

要是會用飛行魔術跳躍或飛行當然就不在此限，可是飛行魔術也不是那麼簡單的東西。

想用飛行魔術，高度而精密的魔力操控技術以及身體能力缺一不可，能自由運用的都是上級魔術師等級。

所以，身體能力低落的莫妮卡用不了飛行魔術。

（就我看來，這個冷冰冰老兄應該是只有冰系魔術的能力突出，其他方面就沒那麼擅長了才對啊～）

人類在出生時就決定了自己擅長的屬性。一般而言，魔術師除了自己擅長的屬性，其他屬性的魔法就算完全不會用，也不是什麼稀奇的事。

像莫妮卡這種不挑屬性，每種高難度魔法都用得易如反掌的人，在各種意義上都算是例外。

雖然偶爾會忘記這件事，但莫妮卡好歹也是立於王國魔術師頂點的七賢人。

（我猜，這個冷冰冰老兄八成是用不了風系魔術吧。也罷，年紀輕輕就會用這麼多冰系魔術，已經算本事相當不錯啦～）

不會用飛行魔術的希利爾，究竟是怎麼溜出男生宿舍的？

這個問題的答案，就在抵達男生宿舍後頭的時候，立刻明白了真相。

搭在宿舍四周的圍牆，有一部分出現了龜裂。希利爾想必就是從這裡溜出來的。

「看來，名門學校的管理也意外地鬆散嘛。」

「歷代學生據說都是從那道龜裂溜出宿舍喘口氣的喔。」

一道嗓音自尼洛背後響起。

尼洛揹著希利爾轉過身來，便看到一位似曾相識的男同學佇立在眼前。

修長的體格、端正甜美的五官，以及在月色映照下柔順飄逸的閃耀金髮——利迪爾王國第二王子菲利克斯．亞克．利迪爾。

身穿制服的菲利克斯，手上拿著一面尺寸略大的板子。

尼洛朝那面板子一瞥，菲利克斯隨即將板子立在牆上，遮住龜裂處。

「平時都是像這樣用板子遮住龜裂，但希利爾看來是情況緊迫到連這麼做的餘力都沒了呢。」

原來如此，就表示這道龜裂是王子殿下也愛用的祕道吧。

理解狀況的同時，尼洛放下了扛在肩上的希利爾。

「本大爺只是剛好路過的旅人。這位冷冰冰大哥因為魔力中毒而失控，倒在森林裡，所以我把他送來了。本大爺很溫柔吧。快感謝我。」

「是啊，多謝你特地幫忙。」

「要記好，不管這位冷冰冰老兄說什麼，都要回答是他因為魔力中毒而看到幻覺。知道嗎。這傢伙看到的全都是幻覺。」

「……嗯哼～？」

菲利克斯朝希利爾瞄了一眼，隨即將視線拉回尼洛身上。

「親切的旅人先生，方便告訴我你的名字嗎？」

他的表情既沉穩又溫柔──但碧綠的雙眼又保持警戒，觀察著尼洛的動向。

「不是什麼值得報上名號的人物，但本大爺很親切，就告訴你吧。我叫巴索羅謬．亞歷山大。」

聽到尼洛大吹牛皮，菲利克斯伸手遮住嘴巴嗤嗤笑了起來。

「和冒險小說的主角同名呀。」

「你這傢伙，原來知道達士亭．君塔嗎？」

尼洛心中對菲利克斯的好感度稍微上升了。喜歡達士亭．君塔的一定不是壞人，尼洛對此深信不疑。

面對喜形於色的尼洛，菲利克斯聳了聳肩。

「這個國家的娛樂我大致上都有接觸喔。小說、遊戲、戲劇，無一例外。」

菲利克斯嘴巴上這麼說，但他露出的笑容卻莫名有一股空虛感。

尼洛忍不住皺起了眉頭。

（……這人類感覺真不好。）

出生為王族，明明在各方面都得天獨厚，他卻彷彿像個一無所有的人類一般──露出空洞的眼神。

菲利克斯輕輕揹起希利爾，接著好像想起什麼似的，望向尼洛開口：

「話說，旅人先生你知道嗎？這一帶的森林算是學校用地，學園相關人士以外是禁止進入的喔。」

「喔～是這樣嗎。」

尼洛討厭被人類單方面強加限制。

（本大爺又不是人類～）

人類的規定什麼的，我才懶得管咧。尼洛用下巴比了比，向菲利克斯示意。

「我可是幫了那位冷冰冰老兄一把。你就稍微睜隻眼閉隻眼吧。」

「是啊，當然了。我才不會向救了希利爾的你搞什麼訊問之類的把戲。」

「喔～～～？」

尼洛一臉狐疑地皺起眉頭，朝自己的長袍內伸手。

然後在衣服裡上下摸索，抓住某種東西。

「……是因為不必特地搞那種把戲，這傢伙也會幫你查出本大爺的真面目嗎？」

說著說著，尼洛把蓋在長袍下的手伸了出來。

在他的指尖上，一隻尾巴被揪住的白蜥蜴在半空中晃個不停。

「我要開動嘍～」尼洛把蜥蜴舉到臉的高度威嚇起來，蜥蜴馬上死命抖動小巧的四肢掙扎。

尼洛露出尖銳的牙齒，表情凶惡地笑道：

「看起來是水之精靈？你是想讓這傢伙躲進本大爺的衣服，偷偷展開偵察吧，真遺憾。本大爺啊，對魔力的反應敏感得很呢。」

精靈就像是魔力的集合體。所以，愈是高位的精靈，愈容易被尼洛發現。

這隻白蜥蜴是水之高位精靈。八成是這個王子的契約精靈吧。
就算白蜥蜴被尼洛當場逮個正著，菲利克斯的笑容依舊沉穩。教人看了感覺更不是味道。
就尼洛而言，內心期待的是「什、什麼——？」或「你到底是何方神聖？」之類的反應。明明如此，這個王子殿下卻連睫毛都不眨一下。
興致全失的尼洛把蜥蜴隨手扔到地上，轉身背向了菲利克斯。
「再見啦。」
尼洛稍微回頭望了一下菲利克斯。菲利克斯依然不發一語，以沉穩的笑容目送尼洛的背影。
（喂，閃亮亮王子。不管再怎麼無聊，也不許你對我中意的那傢伙出手喔？）
再繼續對話下去，只怕自己的真面目會穿幫。所以，尼洛只在內心放話。
帶著他齜牙咧嘴的凶惡笑容無言地放話。
（要敢把莫妮卡弄壞，你這種貨色，我保證從腦袋瓜開始啃個精光。）

被扔在地面的威爾迪安奴移動到菲利克斯的腳邊，把他小小的腦袋貼到地上，歉疚地磕頭。
「實在相當抱歉，怪我能力不足。我這就展開追蹤……」
「不，免了。萬一你被吃掉可就傷腦筋啦。」
菲利克斯打趣地開口，不過威爾迪安奴好像是很認真地為了自己能力不足而深感羞愧。
然而，菲利克斯已經沒打算要追蹤那個黑髮男子了。
雖然不曉得對方什麼來頭，但他本能地察覺，那不是追上去就有辦法應付的對手。

那不是人類。而且恐怕還是有別於精靈的其他東西。

只不過，無論那是何方神聖，既然沒有想加害菲利克斯的意思，那現在先置之不理應該也無妨。

「威爾，回口袋裡面吧。要是讓希利爾看見你，會有點不太方便。」

「謹遵吩咐。」

威爾迪安奴靈活地登上菲利克斯的腳，竄進口袋內。菲利克斯確認無虞之後，便把希利爾重新揹穩，邁出腳步。

這時，菲利克斯背上的希利爾發出了微弱的呻吟聲。看來他已經恢復意識了。

「……唔……我，到底……」

希利爾沙啞地開口，菲利克斯則以一如往常的語調向他搭話：

「嗨，你醒啦。」

「…………殿、下……？」

希利爾反覆眨眼，雙眼矇矓地望向菲利克斯。

「你魔力中毒，在森林裡昏倒了。是一位親切的旅人把你送回這裡的喔。」

「……給殿下添麻煩了。」

「別這麼說，沒關係的。」

換作平時的希利爾，一定會立刻開口說要下來自己走吧。但是他沒有這麼要求，就說明了他消耗得有多嚴重。

菲利克斯將希利爾送回他自己的房間，癱倒在床上的希利爾，仰望著菲利克斯問道：

「……救了我的那位旅人，是體格嬌小，披著兜帽的人物嗎？」

菲利克斯搖搖頭。

「不，是一位身材高大的黑髮男子。」

「……是這樣，嗎……」

低聲咕噥之後，希利爾閉上了雙眼。就好似在反芻某種東西。

突然間，菲利克斯感到有點好奇。

「你在森林裡，看到了怎麼樣的幻覺？」

希利爾略顯困惑地沉默了一會兒。

在他緊閉的眼皮內側，肯定正浮現著自己見到的幻影吧。

不久，希利爾依舊闔著眼皮，緩緩張嘴答道：

「……那是個文靜得駭人、又強大得駭人的……怪物的幻影…………那道身影，我肯定一輩子忘不了吧。」

＊＊＊

將希利爾託付給尼洛的莫妮卡，走出森林之後，沒有返回女生宿舍，而是從旁路過，往賽蓮蒂亞學園的校舍移動。

見到莫妮卡這般行動，琳面無表情地只將腦袋俐落倒向肩頭。這種斷頭娃娃般的陰森舉動，是在表示她內心抱有疑惑。

「請問，為何不返回宿舍呢？」

「……稍微，有些想確認，的事情。」
想確認的事情——琳複誦了一遍。
莫妮卡繞到學園後方，在後門停下了腳步。
「……艾仕利大人的胸針之所以會故障，是因為接收到強大的魔力衝擊，引起的。」
是因為這樣，才導致未施加保護術式的魔導具以不正常的方式運作。
那麼，希利爾接收到的強大魔力是什麼？研判為希利爾遭受到了某種魔術攻擊應無不妥。
「方才的艾仕利大人，錯亂得十分嚴重。那與其說是魔力中毒的症狀，更像是……接受了精神干涉系魔術的人，會出現的症狀……」
精神干涉系魔術是被指定為準禁術的危險魔術。
雖然能夠簡單地對他人進行洗腦，或干涉人類的記憶，有時還能讓人遺忘一些礙事的真相，但副作用是會導致精神面的不安定，或讓情緒起伏過度激烈。
琳似乎總算理解了莫妮卡想表達什麼。
「您的意思是，方才那位大人，就在最近才遭受過精神干涉系的魔法攻擊。胸針魔導具就是在那時候故障的，是嗎？」
「……是的。」
倘若如此，以往發生在學園內的事件就能在某種程度上窺見全貌了。
犯下花盆事件的瑟露瑪．卡許的動機，來自奧隆遭定罪而挾怨報復。
但，奧隆遭定罪的事實並沒有向學生公開。奧隆是為了養病而主動退學——表面上應該是以這種理由結案的才對。

那麼，瑟露瑪又是為什麼會得知奧隆遭定罪這件事實？

只能想像是有人告訴她的。

然後，真凶還透過精神干涉魔術動手腳，故意讓瑟露瑪失控。同時將共犯的嫌疑全部栽贓到瑟露瑪頭上。

（這麼一想，奧隆．歐普萊恩那錯亂的模樣，也很像精神干涉魔術的副作用。）

明明主張自己有共犯，卻嚷嚷著想不起共犯姓名的奧隆。

主張一切都是自己不好，言行舉止荒誕乖張的瑟露瑪。

然後是，魔力失控，陷入嚴重錯亂的希利爾。

如果這三人其實全都遭人施加了記憶操作系的精神干涉魔術呢？

能做到這種事，又有相關動機的人會是？

「琳小姐，請妳先找個地方，躲起來。」

「謹遵吩咐。」

琳提起女僕服的裙襬縱身一躍，腳步輕盈地降落在附近的樹枝上，絲毫沒發出半點聲響。

看見風之精靈特有的身輕如燕體能，莫妮卡感到欽佩不已，這時，校舍旁出現了一道人影。莫妮卡卸下披著的兜帽，往那道人影走去。

走出校舍的該名人物見到莫妮卡之後，露出了狐疑的表情。

「妳是……最近插班的莫妮卡．諾頓？為什麼，會在這種時間外出？」

神經質地扶起圓形眼鏡，如此質問的人物，是莫妮卡班上的級任導師，同時身兼學生會顧問的教師——維克托．松禮。

松禮手上抱著一疊厚厚的紙張，動作顯得十分謹慎。

莫妮卡凝視起那疊紙張，松禮隨即皺起眉頭。

「應該早就過了宿舍的門限時間吧？這種時間未經許可外出可是要禁閉處分的……」

「那個。」

莫妮卡打斷松禮的發言，伸手指向松禮手中抱著的紙張。

「你把它帶出來，是想做什麼？」

松禮剎那間像是心虛一般三緘其口。眼鏡下的瞳孔微微地游移了起來。

「就算想掉包成別的內容，也沒用的。只要看過一遍，我就會把資料上所有的數字全記在腦海裡。」

「掉包？……妳這是，在胡扯什麼呢。」

松禮的臉頰開始抽搐，嗓音也不自然地尖了起來。

直到方才為止，莫妮卡始終顯得忐忑不安的年幼五官，現在逐漸退去了表情。就像在學生會室面對數字時那樣。

自眼底發亮的綠色瞳孔，緊緊盯著松禮手中抱著的資料不放。

「學生會的會計紀錄，打從好久以前開始，就被改得亂七八糟。」

每年收支都對不上的會計紀錄，最終總是用硬湊數字的方式，雜亂無章地管理。想必一直以來，都是由負責會計的同學或顧問在蒙混過關吧。

不過，觀察會計紀錄時，莫妮卡注意到了。

「五年前開始，蒙混的方式開始變得洗鍊有加。而且，金額還逐漸提高。」

然後到了一年前，奧隆．歐普萊恩接任會計之後，金額提高的程度又變得更加顯著。

「五年前，正是你就任學生會顧問的……年度。」

「那又，怎……」

「奧隆．歐普萊恩同學侵占預算的共犯，就是你。松禮老師。」

啪沙啪沙的聲音響起。是松禮手中的資料掉下去的聲音。

趁莫妮卡的注意力被資料引走，松禮一口氣拉近，揪住她的右手腕限制行動。

松禮悻悻地瞪著莫妮卡，以低沉的嗓音放話：

「真是的，明明是個不像樣的學生，卻在奇怪的地方特別眼尖。」

「……請你，放開，我。」

莫妮卡愈是甩手抵抗，松禮就愈是焦躁，太陽穴一跳一跳地抽搐不停。

松禮俯視著莫妮卡，那道視線中，沉積了如泥漿般濃郁的混濁惡意。

「妳知道研究魔術有多麼花錢嗎。知道這項研究是多麼傑出嗎……也罷，妳這種凡庸之徒一輩子也無法理解吧。」

松禮以幾乎要將之折斷的強勁力道緊抓莫妮卡的手腕，並伸出另一隻手蓋在莫妮卡的臉上。傳進莫妮卡耳裡的，是透過低沉嗓音發起的詠唱。術式內容是……

（——精神干涉術式！）

松禮的詠唱結束後，蓋在莫妮卡臉上的手溢出了白光。

「好了，儘管把我完美的術式烙印在眼底吧！」

莫妮卡的視野染成了一片雪白。

一顆顆光之粒子都由魔法文字所形成。這股光之奔流本身就是一道魔術式。莫妮卡正目不轉睛地凝視這道魔術式。

「妳什麼都沒看見。還會把會計紀錄的數字忘得一乾二淨……懂了嗎？」

松禮的暗示就如同貫穿對方腦海的木樁。

一旦違逆暗示，想硬是拔掉木樁，就會引發激烈疼痛。

但是，這根木樁還沒刺進莫妮卡便已煙消雲散。

「……什、麼？」

松禮的魔術式崩毀得七零八落，光之粒子失去了原先的光輝。

莫妮卡沉默地仰望目瞪口呆的松禮。浮現在那純真無邪的年幼臉龐的，是明確的不快感。

莫妮卡不是個容易生氣的人。

無論自己怎麼被人捉弄，被罵成廢物、飯桶、別人做得到的事全都做不到，她也只會垂頭喪氣地認為對方說得沒錯。

……即使如此，就只有數字與魔術不行。

就只有玷汙無瑕美麗的數學式與魔術式的行為，她絕對不能夠容許。

松禮的魔術式，就與滿是竄改痕跡的會計紀錄沒兩樣。與莫妮卡深愛的完美術式有著天壤之別。

「……這種術式，根本就，一點都不完美。」

這句話，讓松禮睜大布滿血絲的雙眼瞪向莫妮卡。

換作平時的莫妮卡，應該會杵在原地心生恐懼，淚眼汪汪地低下頭去吧。但是，松禮那醜陋無比的魔術式，點燃了莫妮卡身為魔術師的矜持。

「精神干涉魔術，必須具備纖細的魔力操控技術，以及得以釐清複雜縝密魔術式的理解力。這種漏洞百出的魔術式……根本就一點都，不完美。」

「胡扯什麼，我的魔術式是完美的……！」

「……連我這種人，都防得下來的術，叫作完美嗎？」

「閉嘴！」

松禮再度開始詠唱。

方才的術式內容是用來封印部分的記憶，但現在松禮所詠唱的，卻是把對象精神完全破壞殆盡的凶惡術式。

松禮高舉被白色光芒籠罩的右手。

「連我的傑出都無法理解的蠢貨，給我變成沉默的玩偶！」

就在松禮的右手碰觸到莫妮卡頭部的瞬間，莫妮卡以自身的魔力反向干涉起松禮的魔術式。

干涉他人魔術式是一種極其違反常識的行為，干涉方的實力若不夠高強絕對辦不到。而莫妮卡卻輕而易舉地做到了。

莫妮卡首先解讀松禮編成的魔術式，如同毛線般複雜編織的魔術式被她行雲流水地一一分解。

到此為止的發展，都與方才無效化松禮的魔術時如出一轍。白光應聲消滅，光之粒子散落於四方。

在這裡，莫妮卡沒有讓一度分解的魔術式就此消失，而是更進一步展開重組。

重組得比原來更加複雜、更加纖細、更加美麗——更加完美。

飛散四周的光之粒子就有如具備意志一般，在莫妮卡周圍聚成一道奔流，逐步改變外型。

（這是怎麼回事？發生什麼事了？）

過於驚愕的維克托．松禮，當場倒抽一口涼氣。

原先並未構成特定外型的光之粒子，曾幾何時已經化為散發白色光輝的蝴蝶。

蝴蝶們隨著四散的閃爍鱗粉，在暗夜中迴旋飛舞。

那是一幅洋溢無盡幻想氣息，美豔得教人背脊發寒的動人光景。

不過，只要是多少具備魔術素養的人，都無法不為此頓失言語。

（那些蝴蝶，難道每隻……都是魔術式？而且，還是這麼高水準的……）

古老魔術書裡，曾記載著精神干涉術式的完成形，會構成蝴蝶的外型。

現在，松禮面前飛舞不停的，正是僅由魔術式打造的美麗蝴蝶。

松禮即使雙手染上罪孽，傾注所有熱情於研究，仍然無法觸及的完成形術式。連詠唱都沒有，就輕描淡寫地編織出這種術式的，是松禮所瞧不起的嬌小少女。

這個舉手投足都窮酸到配不上這所學校的小丫頭，竟然識破松禮侵占預算的真相，到頭來甚至還否定了松禮的魔術。

否定的方式，還是展現彼此身為魔術師的壓倒性實力差距。

「不可能，不可能，怎麼會……為什麼，妳這種貨色……編得出這麼完美的術式……甚至還不經詠唱……」

自己說了出口，才注意到——

人類不經詠唱便無法施展魔術。

然而，這個國家卻僅有一人，能化這種不可能為可能。

兩年前，僅僅十五歲便獲選成為七賢人，立於魔術師頂點的天才少女。

那個天才所發表的魔術式，水準遠比松禮耗費二十多年心血所開發的魔術式更高，震撼了魔術界，也粉碎了松禮的自尊心。

「妳難道……妳難道，是那個〈沉默〉……」

就好似要松禮住口一般，白色蝴蝶一隻隻緊貼到松禮的身上。

松禮伸出指甲想摳下蝴蝶，這會兒卻整個指尖都被蝴蝶包覆。

「住手，住手……！求妳住手啊——……！」

哀號的嘴巴、甩動的手腳，全身上下都蓋滿了白色的蝴蝶。

然後，再也動彈不得的松禮，用好不容易還留有一處空隙的右眼，緊緊把眼前讓自己落得這般下場的魔女身影烙印在眼底。

帶著稚氣五官與瘦弱體格的嬌小少女。

面無表情地凝視松禮的，略帶褐色的綠眼珠，反射著白色蝴蝶的光輝，就如同寶石般燦爛。

「效果時間是整整二十四小時。你將會，夢見——……的夢境。」

＊＊＊

維克托・松禮站在草原上。

他認得這片草原。這是他故鄉的草原。

啊啊，可是，為什麼自己會身在這種一無所有的鄉下啊。自己明明就不是應該埋沒在這種地方的人才。

（就是錢，錢還是不夠。研究魔術總之就是需要錢。只要有更多錢，我一定、一定就能完成更傑出的研究。這樣一來，我就能取回被〈沉默魔女〉搶走的威風……）

為此，他才會唆使愚蠢的奧隆・歐普萊恩，向賽蓮蒂亞學園莫大的鉅款下手。明明如此，那個眼尖的王子卻注意到了奧隆的舞弊。

明明就只是克拉克福特公爵的傀儡，虛有其表的王子！

（既然如此，下個目標就是副會長希利爾・艾仕利。那傢伙發現到我是侵占預算的主謀了。只是消除記憶還太便宜他。乾脆把他洗腦吧。不對，真要下手的話，不如直接洗腦任職學生會長的第二王子如何？如此一來，學園的錢隨我愛怎麼用就怎麼用！這樣我一輩子就安泰了。啊啊，怎麼沒有早點發現這麼簡單的事呢。對了，只要讓第二王子成為我的傀儡就行了！只要這樣……啊啊，沒錯，我得盡快重啟研究才行！）

松禮志得意滿地邁步向前，這時他注意到，自己的眼前出現了一個東西。

那個是……

「噗噗～」

是小豬。

（為什麼會有豬出現在這種地方？）

松禮不經意地停下腳步，揉了揉眼睛，豈料小豬不知幾時便成了兩隻。正當他歪頭不解小豬是從哪裡冒出來時，小豬的數量又變得愈來愈多。

兩隻變成三隻、三隻變成五隻、五隻變成八隻、八隻變成十三隻……

曾幾何時，松禮的四面八方都擠滿了豬。

無論往前往後往左往右，放眼望去全是數不盡的豬、豬、豬、豬……

不久，遠處傳來馬車的車輪聲，小豬們隨即一窩蜂朝聲音的方向走去。就連這段期間，小豬也持續在增殖。

「什、喂，住手，給我停下來……！快住手，誰來……誰來救救我啊──！」

松禮眼中所見的世界，已經直到地平線盡頭都是滿滿的豬。

扯著喉嚨尖叫的松禮，也終於被小豬給埋沒，就此消逝無蹤。

＊＊＊

面對在眼前翻白眼口吐白沫的松禮，莫妮卡蹲在地上抱頭慘叫：

「怎、怎麼辦～～下手太重了啦～～……」

因為松禮讓自己見識的魔術式太過殘破不堪，害莫妮卡一時氣昏了頭。

在利迪爾王國，精神干涉術式只限要質詢重大罪犯時，或是國家有難之際，在魔術師工會或七賢人的許可之下，才能獲准使用。

「……呃，松禮老師已經間接加害於王族，應該可以，算是重大罪犯吧？七賢人姑且算有特例，所以這種場合應該不犯法……可，可是萬一不行怎麼辦……路易斯先生又會罵我了啦～～……咦，這個該不會算是，處、處、處、處刑案件……？」

莫妮卡哭喪著臉喃喃自語時，琳從背後伸手拍了拍她的肩膀。

「若是路易斯閣下，恐怕會這麼說吧。」

接著，琳舉手按上自己的胸膛——

「『別穿幫就沒事了。別穿幫。』」

路易斯·米萊那俊美又邪惡的笑容栩栩如生地浮現在眼前。

莫妮卡以衣袖拭去淚水，琳一把將翻白眼的松禮扛到肩上。

「這個人類，我會送到路易斯閣下那邊。相信路易斯閣下會展開拷問……展開訊問，並進行適當的處理才是。」

「麻、麻煩妳了……」

維克托·松禮身為侵占預算的共犯一事暫且不提，未經許可擅自使用被視為準禁術的精神干涉魔術，肯定會遭到魔術師工會嚴懲。

教師突然失蹤，可能會引起學園方的混亂，不過這方面路易斯先生一定會打點好的。大概。

莫妮卡剛放下心中一塊大石頭，琳扛在肩上的松禮口中就念念有詞：「豬……好多豬……」

琳歪頭不解地發問：

「這位先生，究竟夢到了怎樣的夢境呢？」

「呃，那是……」

莫妮卡忸忸怩怩地搓著指頭，以略帶喜悅的嗓音回答：

「是非常美麗的，數列之夢。」

✷ 終章　記憶中的小巧手掌

就在返回宿舍房間的莫妮卡寫完要提交給路易斯的報告書時，天已經徹底亮了。

在山間小屋生活的那陣子，熬夜可說是家常便飯，但最近的生活過得比較規律些，所以腦袋十分沉重。

步履蹣跚地走到教室之後，今天也同樣被拉娜數落髮型的不是，並在班上同學為了松禮老師突然失蹤的騷動中，邊上課邊側目觀察同學們的反應。

就這樣，在與睡意交戰之末迎接放學的莫妮卡，強忍著呵欠，拖起沉重的腳步走向學生會室。

學生會室裡頭還沒有任何人。看來今天是由莫妮卡拔得頭籌。

莫妮卡按希利爾指導的，簡單打掃了一下學生會室，結束各種備品的補充，翻開了帳簿。

不過，平常只要看到數字就能立刻清醒，今天卻完全無法讓數字進到腦內。

（……啊，對喔。因為昨天一下子放太多魔術……糖分不夠了。）

對於進食一事興致缺缺的莫妮卡，總是只攝取最低限度所需的飲食。

早上拿晚餐剩下的一片麵包配咖啡。中午吃自己帶的樹果跟開水。平時只要這樣就足以充飢。但在大量使用魔術的日子，光是這樣就不夠了。

魔術的行使，總而言之就是會消耗能量。因此，魔術師據說大多喜好甜食。

就連路易斯，也常在口袋裡藏了蘿莎莉夫人親手烘烤的點心，莫妮卡偶爾筋疲力盡時，也被他在嘴裡塞進點心過。

（……我有沒有，帶什麼能吃的，東西呀……）

莫妮卡搜刮起自己的口袋，但樹果在中午全吃完了，口袋空空如也。

再忍一下，到學生會工作結束就行了……莫妮卡雖然試著這樣說服自己，最終還是敗給睡意，一頭趴到了桌上。

趴在帳簿上的莫妮卡開始打呼的時候，學生會室的門打開了。

開門的人是學生會副會長——希利爾．艾仕利。

今天第二個抵達學生會室的他，注意到趴在桌上的莫妮卡，不禁雙眉直豎。

就在準備向莫妮卡怒吼而張嘴時……他又闔上了嘴巴。

「……」

希利爾無意識地踮著腳步靜靜走向桌邊，低頭望起莫妮卡。

——就是個寒酸的小丫頭。

那身瘦弱的體格，實在教人難以相信是個十七歲少女。

臉色蒼白，過長瀏海下的雙眼總是畏畏縮縮地望著腳邊。

絲毫感覺不出貴族應有的氣質、品性或美感，就是個四處可見的，乏善可陳的少女。

希利爾朝莫妮卡握著羽毛筆的右手緊緊凝視。

大多女學生都會戴著訂做的專用手套，要不就在邊緣刺繡，要不就點綴些蕾絲或蝴蝶結緞帶，但莫妮卡戴的卻是無意多加裝飾的純白手套。

也不知是否找不到合手的尺寸，手套的布料有點過多。她的手就是小巧到這種地步。就有如小孩子的手一般。

這時，昨晚的光景在希利爾的腦海復甦。

以魔術徹底壓倒希利爾的小怪物。

向希利爾伸來的那隻手，明明就小巧得像個孩子，卻長了不搭調的厚實筆繭。那是每天握筆握上好幾小時的人才有的手。

希利爾輕輕取下莫妮卡手上的羽毛筆，插回筆座上。

羽毛筆脫離手時，莫妮卡的右手也連帶脫力，指頭一股腦全攤開在桌面。

希利爾就好像要確認那隻手的嬌小程度似的，將自己的右手蓋在莫妮卡右手上，朝手套邊緣伸出指頭……

「喔喔，希利爾。你已經來啦？」

菲利克斯的聲音從背後傳來的瞬間，希利爾以驚人之勢從桌邊跳開。

「聽我說殿下不是這樣的是這個小丫頭竟敢在神聖的學生會室打瞌睡所以我才想說要來一把打醒她嗯！該死的，還不快給我醒來，小丫頭！」

希利爾以不自然高舉的右手，朝莫妮卡的腦袋輕敲了幾下。

趴在桌上的莫妮卡不斷喃喃自語，並在抬起上半身的同時，以半睡半醒的視線仰望希利爾。

「……艾素利大倫？」

「哼、哼！那什麼不像樣的表情！知道自己在殿下面前嗎！還不給我抬頭挺胸！」

希利爾揪住莫妮卡的肩膀猛搖，莫妮卡則緊緊凝視著希利爾的面孔……露出一臉傻笑。

「……沒有冷冰冰的……太好了～」

希利爾睜大了深藍色的雙眼，抓著莫妮卡肩頭的手也停止晃動。無意識地將手伸向領口的胸針。

希利爾嘴巴開開闔闔，正打算說些什麼的時候……菲利克斯從旁伸來的手，往莫妮卡的嘴裡扔了一塊餅乾。

睡眼惺忪的莫妮卡，開始吵咕吵咕吵咕地咀嚼口中的餅乾。

菲利克斯把愈來愈小的餅乾從邊邊推進莫妮卡嘴裡，再拿出下一塊餅乾，湊向莫妮卡的嘴邊。

注意到餅乾壓在嘴唇上的觸感，莫妮卡再度睡眼惺忪地啃起第二塊餅乾。

「真有意思。都睡昏頭了還能動嘴吃東西。」

「那個，殿、殿下……？」

「希利爾也要試試看嗎？」

面對這有如在邀人摸摸自家寵物的口吻，希利爾搖搖頭表示：「恕我婉拒。」

菲利克斯拿出第三塊餅乾時，莫妮卡忽然晃起腦袋，稍稍睜開了眼睛。

十足像是剛從睡夢中醒來的莫妮卡，揉著眼角發出意義不明的怪聲，嘴裡不停念念有詞。

希利爾雖然無從得知，但莫妮卡這時候，連在睡夢中也在寫報告。

對莫妮卡而言，製作報告文件是一種非常棘手的作業。

針對數字或紀錄進行解說雖然難不倒她，但要透過文章依序將發生了哪些事情一一詳細說明，她就沒那麼擅長了。

（嗚嗚～不知道，該從什麼東西開始下筆才好……）

正在抱頭煩惱時，不知從哪兒冒出來的路易斯露出了微笑。

『那麼，同期閣下。該要寫些什麼……相信妳心裡有數吧？』

啊啊～再不把報告寫得正式點，又要挨路易斯罵了。可是，到底該從什麼寫起才好呢？

（啊，對了。只有這件事非得告訴路易斯先生才行……）

回想起重大訊息的莫妮卡，趕緊向眼前的人物開口：

「……恭喜，恭喜夫人有喜了。」

「哪來的夫人啊———？」

希利爾大喊，菲利克斯則一臉正經地問道：

「希利爾，對方是誰？不好好負責可不行喔？」

「啊啊，殿下？不是的，這是誤會，是這小丫頭睡昏頭鬼扯……！」

臉色一會兒青一會兒紅，好不忙碌的希利爾，連菲利克斯是在捉弄自己都沒發現，死命地辯解。

這期間，莫妮卡依舊一臉茫然地思考，到時米萊家小孩出生了，該挑什麼禮品祝賀比較妥當。

＊　＊　＊

自從莫妮卡將松禮引渡給路易斯之後經過一週，某天，在報上找到了松禮的名字。

『賽蓮蒂亞學園教師，觸犯準禁術使用罪遭捕？』

報紙是由王都的某間大報社發行，在賽蓮蒂亞學園內也引起了一陣小騷動。

尤其莫妮卡班上的班導就是松禮，同學們受到的衝擊更是巨大。

「沒想到松禮老師竟然會做這種事，嚇死人了～……莫妮卡，右邊的三股辮要解開嘍。」

「嗚耶～？啊，哇、哇哇……」

在拉娜監督下學著編頭髮的莫妮卡，慌慌張張地伸手撐住鬆開的三股辮。

但她的奮鬥得不到結果，三股辮在莫妮卡手中接二連三散落。這下又要重綁了。

如果只是要把頭髮隨手分到左右兩邊，綁成簡單的三股辮，那算是小事一樁，但要把側髮沿著頭型編成服貼的三股辮，難度就天差地遠了。

「……嗚嗚～還是好難喔……」

拉娜雖然說把編好的三股辮拉鬆，帶出輕飄飄的感覺會很可愛，但由莫妮卡來編，不知為何拉鬆時就會軟趴趴地崩解。刻意拉鬆與自然崩塌，兩者給人的感覺當然南轅北轍。

莫妮卡低著頭，消沉地重新為側髮編起三股辮。

「這麼一提，報上好像寫說……逮捕了松禮老師的，是七賢人大人耶。」

「咦？」

莫妮卡手中的髮束頓時滑落。

拉娜連莫妮卡的表情僵住了都沒發現，伸手托腮，呼地嘆了口氣。

「是七賢人的〈結界魔術師〉路易斯．米萊大人喔。妳沒聽過嗎？我只在王都的宴會上見過一次，他實在既時髦又迷人呢。」

「啊、呃，是是是是，是這樣啊～……」

魔術師這種身分，其實進出社交界的機會意外地多。更遑論立於魔術師頂點的七賢人，就與國王的顧問沒兩樣。一旦出沒於社交界，當然會成為眾所矚目的焦點。

說歸說，莫妮卡一次也沒出席過這類宴會就是了。

「果然，七賢人裡頭最有名的非〈結界魔術師〉大人與〈詠星魔女〉大人莫屬對吧。再來就是〈荊棘魔女〉大人與〈砲彈魔術師〉大人，還有……」

「那、那個！」

莫妮卡突然高聲吶喊，嚇得拉娜一臉狐疑。

莫妮卡滿臉通紅地把編好的三股編給拉娜檢查。

「這、這邊的三股編，比率跟角度，都是我的渾身力作……感覺，怎麼樣？」

莫妮卡以楚楚可憐的上吊眼望著拉娜，拉娜隨即露出微笑，評了一句：「漂亮。」

＊　＊　＊

松禮老師遭捕，比莫妮卡班上受到更大衝擊的對象無他，就是學生會。

畢竟松禮老師就是學生會的顧問，要說當然的確是理所當然。

更別提這會兒還得知他涉及侵占學生會預算，這一週以來各方教職員陸續出入學生會室，簡直鬧得不可開交。

「失、失禮了……」

放學後，來到學生會室的莫妮卡膽戰心驚地開門。

室內不見教師們的身影，只有菲利克斯坐在後頭的辦公桌。

「今天，沒有老師，過來了呢。」

莫妮卡忐忑不安地開口，菲利克斯聽了，沉穩地點頭。

「是呀，總之算是告一段落了。這幾天來妳也累壞了吧？」

「不、不會，沒什麼，太大不了，的。」

教師們慌忙出入確實令人安不下心，但跟這位王子殿下兩人獨處也同樣教人靜不太下心。

莫妮卡盡量避免與菲利克斯視線交會，開始準備今天要使用的資料。

這時候，莫妮卡背後傳來了菲利克斯的嗓音。

「喔喔，諾頓小姐。妳的三股辮快要鬆開了喔。」

「嗚耶？」

莫妮卡慌忙伸手摸摸看，確實感覺到右邊的三股辮傳出鬆開的手感。

「怎、怎麼這樣……還、還想說這次一定很完美的……」

無論算式或魔術式，莫妮卡都能完美掌控，但關於三股辮相關技巧，她恐怕還有許多研究空間。

難道角度雖然完美，起手的位置卻沒挑好嗎。還是說，應該再綁得更緊一點才好呢……

莫妮卡一面唔唔唔地念念有詞，一面解開頭髮重編，但手上沒有梳子，實在編不太順。

「諾頓小姐，需要幫忙嗎？」

「不、不了，不可以為了這點小事勞煩，殿下出手，幫忙。」

如果讓菲利克斯幫忙的事穿幫，希利爾肯定又要痛罵她對殿下不敬。

聽到莫妮卡清楚回絕，菲利克斯「嗯哼？」一聲，意味深長地瞇上雙眼。

「希利爾或布莉吉特小姐應該差不多快到了吧。那兩人對服裝儀容嚴苛得很啊……要是給他們看到，恐怕就不妙了。」

「……啊嗚～」

「要跑去梳妝室嗎？啊～不過，一頭亂髮跑在走廊上，要是給誰瞧見也挺難為情的嘛？」

「……嗚嗚～」

心裡愈是焦急，頭髮就愈是從手指間滑落。

菲利克斯露出確信勝利的微笑，向莫妮卡招手示意。

「過來吧。會幫妳向希利爾他們保密的。」

莫妮卡內心七上八下地來到菲利克斯身邊，菲利克斯便讓出自己的椅子給莫妮卡就坐，再站到她背後開始編髮。

首先以手代替梳子整理髮流，再迅速地將側髮綁成三股辮，再將於下的髮束統整成一束，結上蝴蝶結。一連串步驟可謂行雲流水。

「完成了。」

僅僅兩分鐘不到，菲利克斯就幫莫妮卡編好了頭髮。

莫妮卡膽戰心驚地摸摸頭。就算用指尖撫弄三股辮，也不再出現輕易鬆開的狀況。

「……好厲害。殿下的，手藝，真巧呢。」

「畢竟，王子殿下不管做什麼都得完美無缺呀。」

原來如此，所謂的王子殿下，似乎得要連三股辮都能綁得完美無瑕才行。

感覺比精通魔術或數學還難——開始往奇怪方向思考的莫妮卡，突然發現自己還沒向菲利克斯道謝。

「那個，呃，非、非常謝謝，殿下的幫忙。」

「嗯，不客氣。」

菲利克斯與莫妮卡交換位置，回到自己的椅子就坐，就在這時，其他學生會幹部們正好一一到場了。

莫妮卡趕緊慌忙坐回自己的座位，進到室內的艾利歐特一臉火大地抱怨：

「啊～受不了，幫松禮老師擦屁股一擦就是好幾天，這感覺也太糟了。而且你們聽說沒？那個人，他不只侵占學生會預算，好像還連準禁術都碰了耶。」

聽了艾利歐特的怨言，體格嬌小的尼爾也跟著附和：

「看起來，他好像是用侵占來的錢在進行魔術研究呢。畢竟魔術的研究很花錢啊。」

「是有那麼缺錢嗎～……松禮老師的老家在哪啊？」

艾利歐特歪著頭不解，貌美千金布莉吉特只簡短回了句「盧本」。

聽到這個地名，艾利歐特才露出理解的表情。

「喔喔，原來如此。那一帶本來就不怎麼優渥了，今年又常發生龍害嘛……唉～不管怎樣，向自己碰不得的東西出手，就是會落得這種下場啦，自作自受。」

艾利歐特瞇起其中一邊的下垂眼，淡淡地笑了笑。這時，希利爾拿起文件開口：

「繼奧隆．歐普萊恩前會計的舞弊事件之後，身為學生會顧問的松禮老師又遭捕，學生會的信用正顯著地動搖。今後我們理當更加端正風氣，謹慎面對職務才是。」

希利爾這番話，讓室內的氣氛瞬間嚴肅了起來。

在這種氣氛下，菲利克斯不知為何望向莫妮卡，以沉穩的嗓音說：

「說得是呢，就如希利爾所言。所以，就是這麼回事，諾頓小姐。」

什麼叫「就是這麼回事」呀？雖然還沒理出頭緒，莫妮卡也只能先挺直胸膛。

「是、是的。」

「妳可以代表我們，去向各大社團的社長巡迴問候一聲嗎。」

「巡迴，問候……？」

「嗯，畢竟還沒讓大家見過新會計嘛。和社團領導人打好信賴關係，是很重要的喔。」

說著說著，菲利克斯拿起一份名單亮在莫妮卡眼前。名單上列了長長一整串賽蓮蒂亞學園主要社團的名稱。

不同於其他學生會幹部，在這種不上不下的時期當上幹部的莫妮卡，當然沒有任何社團認識。

而會計是負責安排預算的職位，與社團領導人接觸的機會特別多，所以有必要去巡迴亮相給社長們認識認識。

但，向初次碰面的人打招呼或自介，正是莫妮卡最感棘手的事。這會兒她還必須向多達將近二十組的社團做這件事。

想到這裡，莫妮卡不只是臉，整個人都僵在原地動彈不得，菲利克斯則把名單交到莫妮卡手裡。

順便還像在給莫妮卡打氣似的，用雙手握住她小巧的手，露出柔和的笑容。

「不要緊啦，今天的妳可愛得不同凡響。鼓起自信去打招呼吧。」

無論說的還是做的，看起來都像是在鼓勵莫妮卡，但莫妮卡卻莫名產生了「再怎麼說，我也是親自幫妳編了頭髮啊」的幻聽。

當然，完美無缺的王子殿下，是不會向莫妮卡講那種賣弄恩情的話的。

莫妮卡正渾身僵硬地拿著名單，忽然就有人從她手上颼一聲把名單抽走。

抽走名單，望起紙面內容的人是希利爾。

「要把這兒列到的社團全部跑過的話，最好現在馬上動身。我也同行吧。」

為希利爾這番話感到驚訝的人，並不只是莫妮卡。

艾利歐特的下垂眼睜得老大，一臉意外地望向希利爾。

「挺親切的耶。這會兒吹的是什麼風啊？」

「這一週下來，觀察莫妮卡．諾頓的工作態度，我判斷她夠格當一個新會計，值得介紹給各大社團，如此而已。」

這段評語聽得莫妮卡一頭霧水。

這一個星期，莫妮卡每碰上希利爾就是挨一頓臭罵：「妳對殿下的敬意不夠！」、「少在那沒事就結結巴巴！」等等。

還以為希利爾鐵定是認為莫妮卡配不上會計職務，才總是氣急敗壞的。

震驚到傻眼的莫妮卡，還僵在原地的時候，又被希利爾狠狠一瞪。

「就是這麼回事，趕緊動身去巡迴問候了。妳總不會說自己『辦不到』吧？」

莫妮卡腦海內復甦的，是一週前的夜裡發生的事。

希利爾喪失意識之前出口的話語。

——「辦不到」是不行的。

——我得要，回應，期待……

這個人為了想回應某人的期待，直到喪失意識的前一刻，都還努力讓自己抬頭挺胸。明明全身都被魔力侵蝕到那種地步了。

……看到那副模樣，莫妮卡打從心底覺得「好厲害～」

然後，那麼厲害的人，現在說自己認同莫妮卡夠格當會計。

莫妮卡搓著手指，死命從喉嚨擠出聲音：

「那個……呃……我、我我，我會，好好假由。」

舌頭最後還是打結了。

面對滿臉通紅低下頭去的莫妮卡，希利爾稍稍瞪大了眼睛。

然後高傲地哼了一聲，氣勢澎湃地跨出了步伐。

「那就行了。出發，諾頓會計！」

諾頓會計。頭一次被人用幹部名來稱呼，莫妮卡嘴角有點忍不住發癢，接著以自己能喊出的最響亮嗓音，大聲回覆：

「……是！」

【祕密章節】

沉默魔女的報告書

Report of the Silent Witch

『致路易斯先生：

恭喜夫人有喜了。

我考慮送數學的入門書當孩子出生時的賀禮，應該妥當吧？

如果路易斯先生有中意的數學書籍，還請告訴我一聲。

關於任務方面，我在因緣際會之下當上了學生會會計。

殿下同樣也是學生會幹部，相信這樣護衛起來會比較容易。

最後是關於維克托．松禮教師引發的一連串事件。

松禮教師與學生會前會計奧隆．歐普萊恩同學聯手舞弊，侵占校方的預算。

後來罪行恐將東窗事發，他似乎怕奧隆同學招出身為協助者的自己，便消除了奧隆同學的記憶，企圖讓對方頂下全部的罪。

但，他的精神干涉術式並不完美，所以奧隆同學還是向周遭主張了自己有一位共犯。

再這樣下去，自己身為共犯一事或許也會穿幫，如此心想的松禮老師，對奧隆同學的未婚妻瑟露瑪．卡許小姐也使用了精神干涉魔術，引起瑟露瑪小姐的失控。

還不僅如此，松禮教師後來更進一步對學生會副會長希利爾．艾仕利大人使用了精神干涉魔術，打算利用他攏出竄改過的資料。

就是在這時，他以現行犯的身分遭我捕捉。我有點做得太過火了。對不起。

以上為報告內容。

校園生活真難熬。可是，我打算再稍微，努力一下看看。

〈沉默魔女〉莫妮卡・艾瓦雷特』

莫妮卡將維克托・松禮引渡給路易斯之後。

這一週以來，〈結界魔術師〉路易斯・米萊一會兒將松禮引渡給魔術師工會，一會兒調查還有沒有其他犯行，一會又要把消息透露給報社，度過了相當忙碌的日子。

就在事情好不容易告一段落時，把莫妮卡的報告仔細重閱的路易斯，對這些無論看幾遍都教人脫力的內容，忍不住嘆了一口大氣。

報告上可以看到幾處塗改的痕跡，想必莫妮卡也以自己的方式盡量慎選過遣詞用字了吧……可是，可是——

「不管讀上幾遍，能稱讚的都只有第一行的內容而已吧。」

「第一行的內容。」

站在路易斯身後待命的琳複誦了一遍，路易斯忍不住哼了一聲。

「會率先把祝賀寫在前面這點值得誇獎。可是，那個小丫頭，論文的文章明明就寫得條理分明，為什麼，為什麼報告會這麼亂七八糟的……！」

雖然比口頭報告好上了幾分，但要說這是七賢人提出的報告，實在教人無比嘆息。

「能在這麼短的期間內就任學生會幹部，明明就是連我都預想不到的壯舉不是嗎。這種地方寫得具體一點不就得了……就偏偏只用一句『因緣際會之下』簡短帶過……想讓人誇不了妳也該有個限度。」

當上學生會幹部，就象徵著已經順利贏得了第二王子這個學生會長的信賴。

不僅如此，莫妮卡還成功排除了第二王子身邊的可疑人士。說真的，報告提到的成果遠超乎路易斯的想像。

（……雖說有事先安排我的弟子潛入以備萬一，也真沒想到她有辦法在這麼短的期間內，提出這麼豐碩的成果……）

路易斯最後再讀過一遍報告，隨即用燭台的火將之點燃。

確認報告已經完全燒成灰燼之後，路易斯開始過目其他文件。

是與維克托．松禮今後處置相關的文件。永久剝奪魔術師資格，再放逐國外，可以算是妥當吧。

身為魔術師的自尊已徹底粉碎的松禮，面對質詢時似乎招供得相當老實。

只是，好像說什麼他不時就會念念有詞地重複咕噥些「豬……豬……」的神祕呻吟。

「話又說回來，那個小丫頭到底是給維克托．松禮看了怎樣的夢境呀？」

「據說是一首歌曲，與沙姆男士這位人物所養的豬有關。」

聽了琳的解釋，路易斯不禁一臉狐疑地皺眉頭。

「那是要被載去賣掉的小豬的歌啊。那小丫頭，長得一臉人畜無害的，下手這麼狠毒……」

莫妮卡·艾瓦雷特的思考迴路，路易斯怎麼樣就是無法理解。

路易斯一臉傻眼的表情靠上椅背，琳立刻隨著一聲「請用」將紅茶杯擺在路易斯面前。

路易斯拉開書桌的抽屜，取出珍藏的草莓果醬。接著打開瓶蓋，將果醬啪啦啪啦地倒進紅茶杯，拿起茶匙優雅地攪拌。

妻子總告誡他甜食與酒精的攝取要適可而止，但在頭腦勞動之後果然還是吃甜食最好。

路易斯滿足地啜了一口幾乎已嚐不出半點原始風味的紅茶，這時，琳突然開口：

「話說回來，我有個問題想請教路易斯閣下。」

「儘管說，如果問題太無聊就一巴掌拍倒妳喔。」

路易斯一面喝紅茶，一面轉動單邊眼鏡下的眼珠子，往琳瞪了過去。但，神經極其大條──不，歸根究柢根本不具備人類神經的這位精靈，還是我行我素地接了話。

「為何，要委託〈沉默魔女〉負責第二王子的護衛呢？」

「把妳的見解說來聽聽，琳姿貝兒菲。」

路易斯這位缺乏表情的契約精靈，有著模仿書中所見的人類舉動，試圖表現得像個人類的怪癖。

就連現在，琳的五官也是絲毫沒有動靜，只將手指添在下巴上，做出在思考的樣子，然後好似想到了什麼一般，砰地捶了下手掌。

「路易斯閣下在受命執行護衛第二王子的任務之際，熬夜打造了防禦結界魔導具。並將之贈與第二王子。然而卻輕描淡寫地遭到毀壞，為此甚為惱火。」

「的確也有過這種事呢。」

「就這樣，怒火中燒的路易斯閣下，想藉由向個性柔弱的〈沉默魔女〉閣下遷怒出氣，來平復自己的鬱憤……以上便是我的見解。」

口不擇言到絲毫不把主人當回事的地步。

說起來，從不把路易斯喚作主人這點看來，這位精靈原本就沒打算要對路易斯抱持什麼敬意。

路易斯將茶杯擺回茶碟，緊緊瞪著琳不放。

「妳把我當成什麼了。」

「就來自各方面的說法，是喜歡欺負弱小的人格低劣者。」

緊接在口不擇言之後的口不擇言，讓路易斯俊美的臉孔極度扭曲，誇張地表演起悲傷的動作。

「啊啊～多麼令人哀嘆。大家都誤解了真正的我啊。」

誤解──琳如此複誦之後，路易斯緩緩地揚起嘴角，露出笑容。

單邊眼鏡之下，那夾雜灰色的紫色眼眸閃爍著好戰的光輝。

「比起欺負弱小，欺負強者一定更教人開心不是嗎。」

除了思維本身就充滿火藥味，還沒能把人格低劣者的部分一起否定，可說是邏輯相當短路的發言。

即使面對路易斯凶惡的笑容，琳依舊面無表情地歪頭納悶。

「在我看來，死命糾纏並欺凌〈沉默魔女〉閣下的路易斯閣下，感覺是打從心底享受著欺負弱小的愉悅。」

「那個能算弱者？妳知道自己在說什麼嗎？」

「〈沉默魔女〉閣下曾說過，自己只是候補補上的七賢人。」

候補補上。這句話讓路易斯嘴角諷刺地扭曲。

兩年前，當時的七賢人〈治水魔術師〉引退一事定案，因而舉行了選拔會篩選接任的七賢人。

原本合格名額只有一個。然而當時另一位年事已高的七賢人因急病引退，讓名額增加為兩個。然後獲選的兩人就是〈結界魔術師〉路易斯．米萊，以及〈沉默魔女〉莫妮卡．艾瓦雷特。

選拔會的內容是面試，以及只透過魔法攻擊進行的實戰。

這場測驗中莫妮卡因為緊張導致過度換氣，翻白眼暈倒，引起一陣罕見的騷動。所以莫妮卡才會一直以為自己是候補補上的吧。

但是，關於路易斯與莫妮卡哪一方比較優秀，負責當考官的所有七賢人都不予置評。

「……那個小丫頭，好像總以為自己是候補補上的。不過呢～天曉得真相究竟如何。」

原來如此，的確，莫妮卡在面試時捅下了大漏子。

然而，即使如此還是能獲選，就代表有其相應的理由。

路易斯闔上眼睛，回想兩年前實戰測驗的光景。

路易斯是魔法兵團的前團長。討伐龍的經歷也累積了不少，實戰幾乎是戰無不勝。沒什麼戰鬥經驗的小丫頭，根本不足為懼——原本是這麼想的。

天曉得那個小丫頭讓人跌破眼鏡！

莫妮卡一把鼻涕一把眼淚地抽噎個不停，同時卻接二連三施展強力到不知所云的攻擊魔術，到頭來甚至把路易斯給完封。

以身為武鬥派人士遠近馳名的路易斯，被當時年僅十五歲的嬌小少女打得毫無招架之力。

魔術一旦威力強大，或能廣範圍攻擊，又或是具備自動追蹤之類的特殊效果，詠唱就會相對拉長。

明明如此，〈沉默魔女〉卻把高威力、廣範圍又帶滿大量特殊效果的魔術不經詠唱就放個沒完。

路易斯．米萊向來以天才自居，也為此自豪。

但自己若是天才，莫妮卡就是……

「我〈結界魔術師〉路易斯．米萊在此斷言。那個完全就是怪物。」

不與人視線交會，總是低頭望著腳邊，膽戰心驚畏畏縮縮的嬌小少女，被路易斯以強烈的語氣斷定為怪物。

在實技測驗時展現了那麼壓倒性的實力差距，還始終強調自己是候補補上的，莫妮卡這份自卑教路易斯非常看不順眼。

所以原打算多少替她增加點自信，才把她硬拖去沃崗討伐黑龍，天曉得一擊退黑龍，她就飛也似的逃回山間小屋躲起來。

（那個小ㄚ頭要是自卑過頭，敗給她的我立場何在啊。）

路易斯啜了一口紅茶，瞇細雙眼。

「這趟任務一旦失敗，最糟的狀況是會遭到處刑……我是這麼告訴同期閣下的，但如此發展的可能性恐怕很低。」

「為何？」

「陛下是命令我『暗中護衛第二王子』嘛，但我可沒把陛下的話以字面意義照單全收喔……『暗中監視第二王子』──我認為，這應該才是陛下的本意。」

第二王子是個優秀的人。書面學科也好劍術也好樣樣通，況且雖還在學，卻已具備高度外交能力，深受國內外貴族的信任與仰賴。

最重要的是，遺傳自母親的那份美貌與柔和的笑容，被評為能夠傾倒眾生。

十項全能又善於掌握人心。

再加上其外祖父是國內握有最大權力的大貴族克拉克福特公爵，具備如此強大後盾的王子，那就是菲利克斯・亞克・利迪爾。

（……不過，他令人摸不透。）

在那親切又柔和的笑容底下，總覺得有什麼駭人之物在蠢動——路易斯在菲利克斯身上感受到這種不協調感。

可是當路易斯想打探那種不協調感的真面目時，菲利克斯又用那柔和的笑容四兩撥千斤輕鬆躲掉了。

「第二王子相當不好惹。用正攻法抓不到狐狸尾巴。」

正因如此，路易斯才會選擇莫妮卡當協助者。

怪物般的才能，配上與之不搭調的內向性格，每種特質都自相矛盾的那個小丫頭。

「剛也說過了吧？我想欺負的對象是強者。」

「也就是說，要同時欺負身為強者的第二王子，以及〈沉默魔女〉閣下？」

路易斯沒有說琳答對，只是露出優美的微笑。

就這樣，路易斯一副話題結束了的態度，轉身背向琳，為只剩半杯的紅茶再度投入追加的果醬。到這個地步，已經幾乎是在喝果醬了。

琳面無表情地望著這樣的路易斯，用力點了點頭。

「我明白了。這就將路易斯閣下的評價訂正為『喜歡欺負強者的人格低劣者』。」

「給我把人格低劣者的部分也訂正掉，這個廢女僕。」

＊＊＊

在路易斯．米萊萬分享受地喝下紅茶果醬時，身為話題主角之一的第二王子菲利克斯．亞克．利迪爾也正好在宿舍房間內享用威爾迪安奴為他沖的紅茶。

當然，他並沒有作出把整瓶果醬投入紅茶內的非常識舉動。

喝了口只加了一顆方糖的紅茶，菲利克斯沉穩地開口：

「松禮老師事件的後續處理，總算是告一段落了吧。向各社團的社長們巡迴問候的工作好像也順利結束了。」

極度怕生的莫妮卡，順利在今天之內結束了所有問候，與希利爾一同返回了學生會室。果然，把莫妮卡交給希利爾關照是對的。菲利克斯露出一絲笑意。

別看希利爾那樣，其實很會照顧人，也愛照顧人。最重要的是，他比起身分更看重實力，能夠對人下達公正的評價。

缺點是對菲利克斯的忠誠心堅定過頭，偶爾容易失控就是了。

「是說艾利歐特和布莉吉特小姐，好像都還沒認同諾頓小姐……也罷，新學生會應該能運作無礙吧。」

總而言之，這樣事情算是有了著落。

菲利克斯將紅茶一飲而盡時，化身為侍從的威爾迪安奴語帶保留地插嘴道：

「實在有點意外。本以為克拉克福特公爵肯定會為了本次事件出口責怪……」

「哎呀～的確，沒能處理好校內的事，若被斥責是我管理欠佳也無話可說。」

克拉克福特公爵是菲利克斯的外祖父，權勢在王國內數一數二。同時，他也是賽蓮蒂亞學園實質上的支配者。

就連貴為第二王子的菲利克斯，都無法反抗克拉克福特公爵。

因此，有部分人士給菲利克斯起了各種綽號。

傀儡王子、克拉克福特公爵的狗……等等。

「唯獨這一次，公爵也沒辦法遷怒於我吧。再怎麼說，採用松禮教師，命令我選擇歐普萊恩前會計進學生會當幹部的不是別人，就是公爵自己。」

逮捕松禮教師的〈結界魔術師〉，想必被克拉克福特公爵恨得牙癢癢的吧。

「話說回來可真遺憾。虧我原本想跟奧隆・歐普萊恩那時一樣，親手為松禮教師定罪的。」

「那個人類涉及侵占預算的事，也是早就知情了嗎？」

「是呀，正想說差不多該露出狐狸尾巴了，沒想到就遭人橫刀奪愛。〈結界魔術師〉一直在我身邊打探嘛。八成是在打探過程中，察覺到松禮的犯罪事實了吧。」

菲利克斯以冰冷的語調說著說著，從口袋中掏出一只小胸針。

上頭鑲著大顆藍寶石的這只奢華胸針，仔細一看，中央的藍寶石已經出現龜裂，幾乎要從別針上掉下來。

菲利克斯拾起龜裂的藍寶石，舉在光芒下。

只要聚精會神觀察，便可發現青藍色寶石內刻有魔術式。這只胸針被賦予了魔術式，也就是所謂的魔導具。

〈結界魔術師〉路易斯．米萊主張，這是能守護菲利克斯人身安全的護身符，並且透過國王送給了自己。

原來如此，的確，這只魔導具被賦予了在菲利克斯遭受到任何攻擊時，就會發動防禦結界的功能。

但，賦予其中的效果，並不只是如此。

「只要我別著這只胸針，我的所在地隨時都會被一五一十透露給〈結界魔導師〉路易斯．米萊。裡頭組進了這種術式。」

「……是的。」

所以菲利克斯才會一拿到手，就命令威爾迪安奴把胸針破壞掉。

表面上，菲利克斯佯裝成一個魔術門外漢。所以路易斯沒想到監視用的追蹤術式會被發現吧。

「〈結界魔術師〉路易斯．米萊在監視我的一舉一動……這會是第一王子派遣的呢，還是陛下指使的呢？」

無論如何，短期內行動最好是慎重些。

菲利克斯倒向椅背，緩緩地吐了口氣。

「唉～反正都要派七賢人來監視的話，與其派〈結界魔術師〉過來，為什麼不乾脆派那個人來就好嘛。」

「……那個人？」

看到威爾迪兒奴一臉詫異，菲利克斯露出陶醉不已的笑容開口：

「在沃崗擊退黑龍，又瞬間擊墜成群的翼龍，王國的英雄。世上獨一無二的無詠唱魔術施展者，千年才出一人的天才魔術師……」

描述的嗓音逐漸變得火熱，端正的雪白側臉泛起了些許朱紅。

簡直就像在描述心上人一般地沉醉其中，菲利克斯道出了那個名號：

「〈沉默魔女〉艾瓦雷特女士。」

目前為止的登場人物

Characters of the Silent Witch

Characters Secrets of the Silent Witch

莫妮卡・艾瓦雷特

七賢人之一〈沉默魔女〉。世上唯一的無詠唱魔術施展者。
為了護衛第二王子，以莫妮卡・諾頓的身分插班進入賽蓮蒂亞學園。
極度怕生。

路易斯・米萊

七賢人之一〈結界魔術師〉。莫妮卡的同期。新婚。
如女性般貌美的美男子，但卻是超絕武鬥派人士，隻身討伐龍的累積
討伐數位居歷代第二。馬上就要當爸爸的得意忘形傻瓜。

尼洛

莫妮卡的使魔，黑貓。愛閱讀。喜歡冒險小說，不過最近對愛情小說
也開始涉獵。能感測魔力，或是化身成人，連性感動作都難不倒他，
可算是在各方面都多才多藝。

琳姿貝兒菲

與路易斯簽訂契約的風之高位精靈。
對路易斯並未特別抱持仰慕或敬意。為了吸收人類相關知識而研讀各
式各樣的書籍，但語彙與常識都有點偏頗。

菲利克斯・亞克・利迪爾

利迪爾王國的第二王子，賽蓮蒂亞學園的學生會長。
成績優秀，外交方面也有一定成果。十項全能的萬能人士。
臉與身體有著黃金比例（莫妮卡說的）。

艾利歐特・霍華德

戴資維伯爵公子。學生會書記。
個性乖僻，相當執著於身分階級。特長是下棋。
在本作屬於下垂眼的代名詞。

希利爾・艾仕利

海恩侯爵公子（養子）。學生會副會長。
擅長冰系魔術。過剩吸收魔力體質。景仰菲利克斯。
對女性彬彬有禮，但對菲利克斯不敬者例外。

布莉吉特・葛萊安

雪路貝里侯爵千金。學生會書記。
外交官世家，精通語學。號稱最配得上菲利克斯未婚妻寶座的貌美大小姐。比起貓更喜歡狗。

Characters Secrets of the Silent Witch

尼爾・庫雷・梅伍德

梅伍德男爵公子。學生會總務。溫和又敦厚。好好先生但因此容易隨波逐流算是唯一缺點。期待長高而特地做大的制服到現在還是不合身。

伊莎貝爾・諾頓

柯貝可伯爵千金。〈沉默魔女〉的大粉絲。是莫妮卡執行任務的協助者。為了扮演出色的反派千金，終日努力不懈地鑽研。呵呵呵笑聲的犀利程度無人能出其右。

拉娜・可雷特

可雷特男爵千金。莫妮卡的同班同學。對流行敏銳，最喜歡時尚。父親是富豪。考慮將來要像父親一樣成立自己的商會。

後記

由衷感謝各位讀者購買這本《Silent Witch》。

本作在網路版由全十六章所構成，原先執筆時便已經預想好，會透過第一章至第十六章來交代一則完整的故事。

本次有幸獲得書籍化的機會，第一集收錄的就是相當於網路版第一章至第三章的部分。

但，若只是把網路版的內容原封不動地搬過來，作為一本上市書籍實在略嫌掃興，也欠缺了一點統整感。

有鑑於此，為了讓本作能夠單獨以「書籍」的形式令大家樂在其中，筆者絞盡腦汁進行了加筆修正。

無論是第一次接觸到本作的讀者，還是已經閱讀過網路版的讀者，希望各位都能在這本《Silent Witch》裡獲得快樂的閱讀時光。

加筆作業就是在和字數的限制打仗。

故事實在越寫越開心越寫越快樂……這個也想寫，那個也想寫，還想繼續寫，還想寫更多……我就這麼不斷和剩下的可用字數大眼瞪小眼，貪心地塞滿了想寫的東西。哎呀～真的是寫得有夠開心。

只要有那個意思，無論要我寫幾則莫妮卡在山間小屋生活的日常情節，我都寫得出來（然後就這麼永遠抵達不了校園）。

再不然，伊莎貝爾大小姐的姊姊話題也會吃掉相當可觀的頁數（然後就這麼永遠抵達不了校園）。

萬一有個差錯，光是愛妻人士路易斯・米萊氏和新婚妻子在莫妮卡面前曬恩愛的場景就可以用掉半本書（然後就這麼永遠以下略）。

……在抵達校園前，要怎麼設法以良好的步調推動故事，感覺這好像是最大的課題。

另外，在進行加筆修正時，相較於網路版的內容，莫妮卡受到了比較溫柔的修正。

因為責編同仁對莫妮卡很溫柔。責編同仁是一位願意說莫妮卡「可愛」的溫柔人士。

如果在閱讀時，有覺得莫妮卡陷入了比網路版更不妙的處境，就請想成是「作者硬來了是吧」。

責編同仁是一位對莫妮卡很溫柔的人。不溫柔的大概都是作者。

雖然已經到了後記的最後，但特別感謝藤実なんな老師，以纖細又溫暖的筆觸為本作描繪美麗的插畫。執筆中我一直反覆不停看了好幾遍，邊看邊唔呼呼傻笑個不停。

此外，費盡心力推動本作書籍化的各位ＫＡＤＯＫＡＷＡ同仁，對於我這麼什麼都不懂的菜鳥仔細給予建議的責編同仁，真的是非常非常感謝大家。

還有，願意接觸本作的各位讀者大德，以及與我的創作活動有任何一點交集的所有人士，請容我在此鄭重向大家致謝。

多虧有這麼多人們出力，本作才能像這樣以書籍的形式問世。

真的、真的、真的是非常感謝大家。

還有件令人甚為感激的消息，就是本作已經確定會推出續集。我會全心全意執筆，若能讓各位期待第二集上市，就是我無上的幸福。

依空まつり

七魔劍支配天下 1~5 待續

作者：宇野朴人　插畫：ミユキルリア

最強魔法與劍術的戰鬥幻想故事第五集登場！
2020年《這本輕小說真厲害》文庫本部門第一名！

奧利佛和奈奈緒追著被帶進迷宮的皮特來到恩里科的研究所。他們在那裡目睹可怕的魔道深淵，並隱約窺見了魔法師和「異端」漫長的抗爭。另一方面，奧利佛與同志們選定恩里科為下一個復仇對象，他的第二次復仇究竟將迎來什麼樣的結局──

各 **NT$200~290/HK$67~97**

86—不存在的戰區— 1~10 待續

作者：安里アサト　插畫：しらび

讓我們追尋在血紅眼眸深處閃耀的，
僅存的少許片斷——

年幼的少年兵辛耶．諾贊降臨地獄般的戰場，日後他將成為八六們的「死神」，帶著傷重身亡的同袍們的遺志走到生命盡頭——這些故事描述與他人的邂逅如何將他變成「他們的死神」，以及來得突然的死亡與破壞又是如何殘酷地斬斷了他們的牽絆。

各 **NT$220~260/HK$73~87**

賢勇者艾達飛基・齊萊夫的啟博教覽 1〜2 待續

作者：有象利路　插畫：かれい

這本自稱輕小說的「奇物」——
新時代的汙點之作，感染擴大中！

責編為了讓惡搞推出的《賢勇者》系列走回王道奇幻作品的路線，一再回溯時光想要改變未來。然而本作主角艾達飛基頂著賢勇者的帥氣頭銜，卻是個定期就要脫光光的變態；女主角沙優娜則胸部平到在近年潮流中完全逆風；配角更全是反社會的牛鬼蛇神！

NT$240/HK$80

世界頂尖的暗殺者轉生為異世界貴族 1~6 待續

作者：月夜涙　插畫：れい亜

世界最大宗教教皇真面目竟是「魔族」？
賭上人類存亡的至高暗殺任務開始！

盧各撐過賭命之戰與談判以後又回到學園上學，便從洛馬林家千金妮曼那裡接到了驚人的委託。據說貴為世界最大宗教的雅蘭教教皇，竟是由魔族假扮而成！盧各這回要暗殺屬於頂級權貴人物之一的教皇，其真面目還是超乎常理的「魔族」──

各 **NT$200~220/HK$67~73**

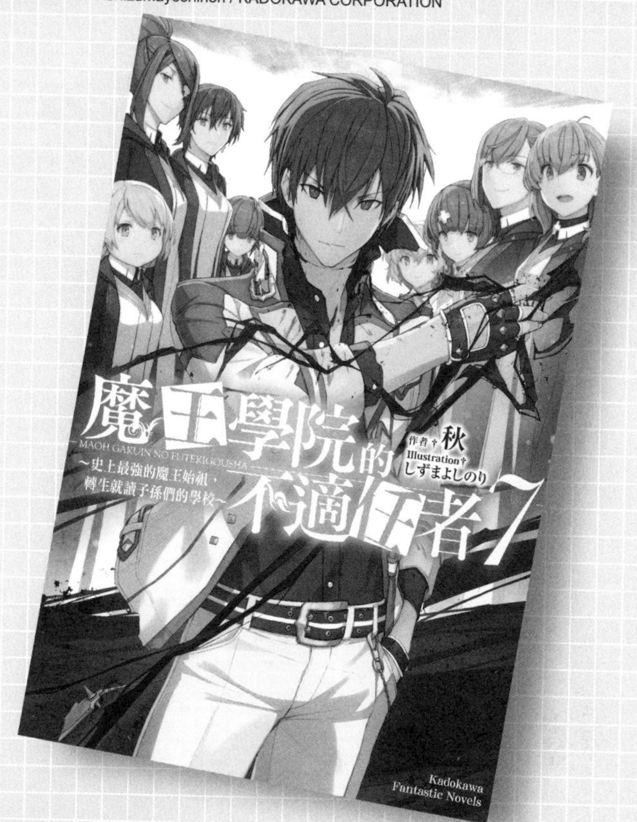

魔王學院的不適任者～史上最強的魔王始祖，轉生就讀子孫們的學校～ 1~7 待續

作者：秋　插畫：しずまよしのり

魔王學院第七章〈阿蓋哈的預言篇〉開幕！
阿諾斯遇見了一名沒有未來、即將成為祭品的龍人！

覆蓋地底世界的天蓋，經由全能者之劍變成不滅的存在了。脫離秩序的這個岩塊，最終注定會化為震雨落在地底世界全境上，將生活在那裡的一切生命壓死。為了得到阻止慘劇的線索，阿諾斯等人前往「預言者」所治理的騎士之國阿蓋哈——

各 **NT$250~320/HK$83~107**

關於我轉生變成史萊姆這檔事 1~16 待續

Kadokawa Fantastic Novels

作者：伏瀬　插畫：みっつばー

系列銷售累計破1500萬冊!!
超人氣魔物轉生幻想曲第十六集登場！

魔國聯邦與東方帝國之間的戰爭以勝利作收，然而奪取了魯德拉身體的米迦勒、暗中活動的妖魔王菲德維等等，棘手的問題仍堆積如山。同時，菈米莉絲迷宮防衛戰也令人感到一絲不安。總之，暫且脫離困境，利姆路決定趁這個機會和部下們面談……

各 **NT$250~340/HK$75~113**

賢者大叔的異世界生活日記 1~11 待續

Kadokawa Fantastic Novels

作者：寿 安清　插畫：ジョンディー

在雪山來場真正的狩獵!!
大叔和亞特為了小邪神要幹掉「龍王」！

「這根本不是ＲＰＧ，簡直是那個真正在狩獵龍的獵人遊戲了嘛……」為了讓小邪神復活，傑羅斯和亞特受到觀測者索拉斯的請託，要去打倒龍。然而他們卻在前去採集藥草的雪山裡，碰巧遇上了暴雪帝王龍——!?兩人居然要挑戰最強生物「龍王」！

各 **NT$220~240/HK$73~80**

續·魔法科高中的劣等生

魔法人聯社 1~2 待續

作者：佐島 勤　插畫：石田可奈

魔法至上主義激進派組織「FAIR」登場
保衛聖遺物爭奪戰全力展開！

發生了魔法師覬覦加工半成品聖遺物的犯罪案件。其幕後的黑手是人造聖遺物竊盜案罪犯隸屬的USNA魔法至上主義激進派組織「FAIR」指派「進人類戰線」所犯下的案件！達也為了避免聖遺物流入犯罪組織手中，結合各方勢力全力展開保衛戰！

各 **NT$220/HK$73**

國家圖書館出版品預行編目資料

Silent Witch：沉默魔女的祕密/依空まつり作；吊木光譯. -- 初版. -- 臺北市：臺灣角川股份有限公司, 2022.05-

冊； 公分. -- (Kadokawa fantastic novels)

譯自：サイレント.ウィッチ 沈黙の魔女の隠しごと

ISBN 978-626-321-435-4(第1冊：平裝)

861.57 111003462

Kadokawa
Fantastic
Novels

Silent Witch～沉默魔女的祕密～ I

（原著名：サイレント・ウィッチ 沈黙の魔女の隠しごと）

2022年5月25日　初版第1刷發行

作　者：依空まつり
插　畫：藤実なんな
譯　者：吊木光

發行人：岩崎剛人
總編輯：蔡佩芬
編　輯：黎夢萍
美術設計：莊捷寧
印　務：李明修（主任）、張加恩（主任）、張凱棋

發行所：台灣角川股份有限公司
地　址：104台北市中山區松江路223號3樓
電　話：（02）2515-3000
傳　真：（02）2515-0033
網　址：www.kadokawa.com.tw
劃撥帳戶：台灣角川股份有限公司
劃撥帳號：19487412
法律顧問：有澤法律事務所
製　版：巨茂科技印刷有限公司
ＩＳＢＮ：978-626-321-435-4